L'ENRAGÉE DU CERCLE POLAIRE

DU MÊME AUTEUR
CHEZ LE MÊME ÉDITEUR

N° 1 : LE MONSTRE D'ORGEVAL
N° 2 : LE CARROUSEL DE LA PLEINE LUNE
N° 3 : L'ABOMINABLE BLOCKHAUS
N° 4 : LES SÉMINAIRES D'AMOUR
N° 5 : LE MARCHÉ AUX ORPHELINES
N° 6 : L'HÉROÏNE EN OR MASSIF
N° 7 : UN CHANTAGE TRÈS SPÉCIAL
N° 8 : LES REQUINS DE L'ÎLE D'AMOUR
N° 9 : LA CITÉ DES DISPARUES
N° 10 : LE CYGNE DE BANGKOK
N° 11 : LA MANTE RELIGIEUSE
N° 12 : LE JEU DU CAVALIER
N° 13 : LA CROISIÈRE INTERDITE
N° 14 : LE HAREM DE MARRAKECH
N° 15 : LA MAISON DES MAUDITES
N° 16 : LA PERMISSION DE MINUIT
N° 17 : LES CAPRICES DE VANESSA
N° 18 : LA VIPÈRE DES CARAÏBES
N° 19 : LE VOYOU DE MONTPARNASSE
N° 20 : LES FILLES DE MONSEIGNEUR
N° 21 : LA NUIT ARABE DE MONACO
N° 22 : LA FERMIÈRE DU VICOMTE
N° 23 : LA PUNITION DE L'AMBASSADEUR
N° 24 : LA SECTE DES AMAZONES
N° 25 : LES SIRÈNES DE L'AUTOROUTE
N° 26 : LE BOUDDHA VIVANT
N° 27 : LA PLANCHETTE BULGARE
N° 28 : LE PRISONNIER DE BEAUBOURG
N° 29 : LES ESCLAVES DE LA NUIT
N° 30 : LES POUPÉES CHINOISES
N° 31 : LES SACRIFIÉS DU SOLEIL
N° 32 : L'EXÉCUTRICE
N° 33 : LA PRÊTRESSE DU PHARAON
N° 34 : UN CANAL ROSE POUR CIBISTES
N° 35 : LES FANATIQUES DE LA VIDÉO
N° 36 : LES ANGES DE PIGALLE
N° 37 : SOSIES SUR MESURE
N° 38 : LA MARQUE DU TAUREAU
N° 39 : L'ÎLE AUX FEMMES
N° 40 : LA CHÂTELAINE DE L'ORDRE NOIR
N° 41 : LA PRINCESSE DES CATACOMBES
N° 42 : LA DISPARUE DE SUNSET BOULEVARD

Nº 43 : LE PARFUM DE LA DAME EN GRIS
Nº 44 : LES FEMMES MYGALES DE CÔTE-D'IVOIRE
Nº 45 : LA DANSE DES COUTEAUX
Nº 46 : LES AMANTS DE SINGAPOUR
Nº 47 : LA VEUVE DU LAC
Nº 48 : LES FANTASMES DU NOTABLE
Nº 49 : LA BÊTE DU LUBERON
Nº 50 : CARNAVAL A VENISE
Nº 51 : LES NUITS BLANCHES DE LA TOUR EIFFEL
Nº 52 : LOVE TELEPHONE
Nº 53 : GOLF-PARTY
Nº 54 : L'ENFER DU COLLECTIONNEUR
Nº 55 : LES SOMNAMBULES DU DOCTEUR MARLY
Nº 56 : LES ENVOÛTÉES DU MARABOUT
Nº 57 : LA TUEUSE D'HOMMES
Nº 58 : LA DIVA DU BOIS DE BOULOGNE
Nº 59 : LA FOLIE DE BARBE-BLEUE
Nº 60 : LE MANIAQUE DU PARKING
Nº 61 : LE BATEAU DES FILLES PERDUES
Nº 62 : LE DÉMON DU PEEP SHOW
Nº 63 : LES CHASSEURS DE MIREILLE
Nº 64 : LA PLAGE AUX NYMPHES
Nº 65 : NUITS DE CHINE
Nº 66 : LA FILIÈRE MEXICAINE
Nº 67 : LES SECRETS DE MADAME MAUD
Nº 68 : LA FEMME MASQUÉE
Nº 69 : TRANSPORT DE FILLES
Nº 70 : LA SECRÉTAIRE DU PATRON
Nº 71 : LA PANTHÈRE DES PALACES
Nº 72 : LES PROFANATRICES
Nº 73 : LA TENTATION DE CAROLINE
Nº 74 : LA LOUVE DES BEAUX QUARTIERS
Nº 75 : LES STRIP-TEASEUSES DU PETIT ÉCRAN
Nº 76 : LES MAÎTRESSES FEMMES DE SAINT-TROPEZ
Nº 77 : LE RODÉO DU PLAISIR
Nº 78 : LES PROIES DU COMMANDO
Nº 79 : LA FEMME-FAUCON
Nº 80 : LA TIREUSE D'ÉLITE
Nº 81 : LES VOIX DU DÉSIR
Nº 82 : LES TAXIS DE L'AMOUR
Nº 83 : L'ALLUMEUSE
Nº 84 : MAÎTRE ET ESCLAVE
Nº 85 : GIGOLO STORY
Nº 86 : LA CAVALIÈRE DE L'APOCALYPSE
Nº 87 : LES JEUX DÉFENDUS DE LA PRÉSIDENTE
Nº 88 : L'ÉVENTREUR AUX YEUX D'OR
Nº 89 : JEUNE FILLE AU PAIR

N° 90 : L'INCONNU DU TRAIN BLEU
N° 91 : LA CALL-GIRL DE MONTRÉAL
N° 92 : LA GRANDE BOURGEOISE
N° 93 : LE PIÈGE ESPAGNOL
N° 94 : CLUB PRIVÉ
N° 95 : LA SORCIÈRE DE POMPÉI
N° 96 : VENGEANCE DE FEMME
N° 97 : LA DEMOISELLE DE PETITE VERTU
N° 98 : LE VAMPIRE DE BOURGOGNE
N° 99 : LA CHIENNE DE LUXE
N° 100 : L'ÉTALON DE SAUMUR
N° 101 : FIANCÉES SUR CATALOGUE
N° 102 : LA SIRÈNE DU LOCH NESS
N° 103 : L'OGRE DE LA BAIE DES ANGES
N° 104 : LES AMANTS MAUDITS
N° 105 : LA VÉNUS DE BELLE-ÎLE
N° 106 : LA BELLE DU CAP D'AGDE
N° 107 : LE JUSTICIER DU BOIS DE BOULOGNE
N° 108 : ÉCHANGE DE FEMMES
N° 109 : LES NOCES INFERNALES
N° 110 : LA VIE CACHÉE DU BANQUIER
N° 111 : L'APPRENTIE SORCIÈRE
N° 112 : DERNIER ROUND À MARSEILLE
N° 113 : LES JARDINS DU PLAISIR
N° 114 : DÉLIT D'INITIÉE
N° 115 : LE GRAND PRÊTRE DES ARDENNES
N° 116 : LES PASSIONS DU COLLECTIONNEUR
N° 117 : LA PAPESSE D'AVIGNON
N° 118 : LES BALLETS ROSES DE SAINT-MALO
N° 119 : LA LETTRE DE L'ENFER
N° 120 : FANTASIA POUR ROCK STAR

MICHEL BRICE

BRIGADE MONDAINE

L'ENRAGÉE DU CERCLE POLAIRE

VAUGIRARD

Les dossiers Brigade Mondaine de cette collection sont fondés sur des éléments absolument authentiques. Toutefois, pour les révéler au public, nous avons dû modifier les notions de temps et de lieu ainsi que les noms des personnages.

Par conséquent, toute ressemblance avec des personnes existantes ou ayant existé serait totalement involontaire et ne relèverait que du hasard...

ISBN 2-285-00799-X

CHAPITRE PREMIER

Adeline Foquer rejeta la tête en arrière pour tenter de reprendre son souffle et poussa un faible gémissement. Très faible. Elle avait l'impression qu'un carcan de métal emprisonnait son opulente poitrine. De plus en plus serré.

Mais ce n'était que le corset dont on avait ceint sa taille incroyablement fine. A dentelle noire, le corset. Exactement de la même couleur que ses bas et ses porte-jarretelles qui mettaient en valeur ses longues jambes à la peau laiteuse. De la même couleur que le soutien-gorge découpé qui laissait voir la pointe rose tendre et l'aérole plus sombre de ses seins merveilleusement dessinés. Le plus difficile à supporter étaient les escarpins vernis à hauts talons qui lui meurtrissaient les chevilles.

Adeline secoua sa lourde chevelure brune qui retomba en cascade sur ses épaules nues. Une grande lassitude voilait son regard d'un bleu presque violet ; la fatigue affaissait sa bouche rouge comme une grenade mûre.

L'air qu'elle inspirait de plus en plus difficilement lui semblait brûlant.

De l'air... Il fallait qu'elle tienne, ce n'était

qu'un mauvais moment à passer. Très désagréable, d'accord, mais il passerait quand même. Comme les autres, comme tout ce qu'elle avait déjà subi... Un instant, elle laissa tomber ses paupières. Elle était si lasse...

Mais très vite elle se força à rouvrir les yeux et parvint à tourner la tête pour regarder autour d'elle. Simplement pour que le temps passe un tout petit peu plus vite.

Son regard erra sur la peinture laquée blanche de la salle d'examens médicaux dans laquelle elle se trouvait. Sur le sol carrelé, blanc lui aussi, d'une propreté irréprochable. A sa gauche, en se tordant le cou au maximum, elle pouvait apercevoir un appareil carré, semblable à celui qu'elle avait vu, une fois, chez un cardiologue qui avait tenu absolument à lui faire l'amour dans son cabinet. Elle se souvenait que ça portait un nom compliqué : électrocardiogramme. Celui-ci était relié à un petit écran de télévision qu'elle ne pouvait pas voir parce qu'il était tourné face au mur. Rien que de très banal, en somme.

A une seule exception : elle. Elle, Adeline Foquer, dont les poignets étaient attachés à une grosse barre de fer, retenue au plafond par deux poulies métalliques, dans un écartement maximum. Elle, Adeline Foquer, dont la pointe des pieds touchait à grand-peine le tabouret à hauteur réglable que l'on avait placé au-dessous d'elle. Elle, Adeline Foquer, qui occupait le centre exact de la pièce. Littéralement crucifiée.

Des palpeurs adhésifs étaient fixés à ses poignets, au creux de ses bras et à ses chevilles. Plus un, juste sous son sein gauche. Toutes ces petites pastilles rondes et translucides étaient reliées par des fils de couleurs différentes à l'électrocardiogramme. Sur l'écran noir qu'elle ne pouvait pas voir se dessinait le zigzag vert de son rythme cardiaque. En plus, chaque battement de son cœur était ponctué d'un coup de sonnette. Sourde, lancinante, obsédante.

En gémissant de douleur, Adeline se hissa sur la pointe des pieds pour tenter de soulager l'insupportable tension que le poids de son corps infligeait à ses poignets.

Immédiatement, l'air se rua dans ses poumons. Un air plus frais qu'elle aspira avidement, les narines palpitantes. Il était imprégné d'une forte odeur d'éther, mais Adeline s'en fichait : c'était de l'air et cela seul comptait pour le moment.

Son soulagement fut de courte durée. Au bout d'une minute, elle commença à ressentir de violents élancements dans les mollets et dans les chevilles. Puis, la douleur fulgurante d'une crampe dans la jambe droite l'obligea à se laisser retomber de tout son poids.

De nouveau, Adeline était crucifiée. Le carcan d'acier se referma sur sa poitrine, bloquant aux trois quarts sa respiration.

Machinalement, ses yeux se posèrent sur la pendule murale, ronde à gros chiffres noirs, accrochée au-dessus de la porte en face d'elle. Quatre heures. Cela faisait exactement quatre heures qu'elle était là, suspendue par les poignets, à lutter contre l'étouffement et contre la douleur qui torturait tous les muscles de son corps.

Une vague de panique la submergea. Elle se tordit dans ses liens en gémissant sourdement.

Mais ses mouvements désordonnés eurent pour seul effet d'augmenter encore ses souffrances et de bloquer totalement sa respiration. En faisant un violent effort pour endiguer la peur qui lui nouait le ventre, Adeline se hissa péniblement sur la pointe des pieds et prit une profonde inspiration de cet air chargé d'éther qui brûlait sa gorge desséchée par la soif.

C'était atroce.

En plus de la douleur, une idée horrible s'imposait maintenant à son esprit à bout de résistance : on allait la laisser là. Cette fois, « ils » ne viendraient pas la décrocher. Son cœur qui cognait de plus en plus fort allait exploser et tout serait fini.

Non, ce n'était pas possible. C'était trop bête de finir comme ça. Il fallait qu'elle tienne. Encore une minute, et puis une autre...

Et toujours cette sonnette lancinante qui ponctuait chaque battement de son cœur. De façon de plus en plus désordonnée.

Adeline se mordit la lèvre jusqu'au sang pour ne pas crier. Dans son cerveau embrumé par la souffrance et la peur, les idées se télescopaient à la vitesse de la lumière.

Pourquoi ? Pourquoi était-elle là ? Si elle avait su... Mais évidemment, elle ne pouvait pas savoir.

Adeline secoua ses longs cheveux collés par la transpiration. Les deux énormes spots lumineux braqués sur elle comme deux gros yeux menaçants dégageaient une chaleur insupportable.

Par instants, des cris perçants mais assourdis lui parvenaient de l'autre côté de la fenêtre rectangulaire aux persiennes métalliques hermétiquement closes. Ça ressemblait au cri des mouettes qui l'effrayait un peu quand elle était encore petite fille et qu'elle allait en vacances au Croisic avec ses parents.

Autant dire dans une autre vie...

Adeline était à bout. Elle n'était plus qu'une boule de souffrances. Chaque effort qu'elle faisait pour aspirer un peu d'air lui cisaillait tout le corps. Son cœur cognait de plus en plus fort, des battements désordonnés, comme s'il voulait s'échapper de sa poitrine.

Elle tourna la tête vers l'électrocardiogramme. Elle avait l'impression que cette boîte métallique, avec ses cadrans et ses boutons de bakélite noire dont elle ignorait le fonctionnement, était devenue maître de son destin. Un destin qui s'inscrivait sur l'écran noir, en un zigzag fluorescent de plus en plus haché.

Ses yeux se reportèrent sur l'œilleton percé dans la porte, juste en face d'elle. Adeline était sûre qu'« ils » étaient là, qu'ils l'observaient, se délectaient de ses souffrances et qu'ils attendaient avec impatience son agonie.

Une peur abjecte, mêlée de révolte et de désespoir, lui tordit le ventre. L'esprit obscurci par le manque, de plus en plus oppressant d'oxygène, elle n'avait plus qu'une idée : fuir ce lieu maudit, cette salle immaculée qui était en train de se refermer sur elle comme un tombeau.

Et soudain, un cri inhumain lui déchira la gorge. Son corps se tendit convulsivement pour tenter de s'arracher à ses liens. La sonnette, à présent, retentissait sans discontinuer.

Sans cesser de hurler, Adeline eut l'affreuse certitude qu'elle était en train de mourir.

D'un coup, tous ses muscles se transformèrent en plomb. Un voile noir passa devant ses yeux. Elle voulut encore crier, appeler à l'aide. Mais aucun son ne sortit de sa gorge.

Adeline laissa sa tête retomber en avant. Elle eut l'impression de plonger dans un trou noir et ne sentit plus rien.

— Merde ! Qu'est-ce qui se passe ?

La porte de la salle d'examens s'ouvrit à la volée et alla cogner le mur violemment. Une infirmière vêtue d'une blouse blanche stricte fit irruption et se dirigea à grandes enjambées vers Adeline, inerte.

Malgré ses cinquante ans bien sonnés, Liselotte Denstrup dégageait une impression de force incroyable. Avec son mètre quatre-vingts, sa carrure de catcheuse, son teint rouge brique et son regard glacial, d'un bleu presque transparent, aucun homme, même le plus sûr de lui, ne se serait risqué à venir lui chercher des noises. Ses énormes seins avaient bien du mal à rester dans le soutien-gorge qui s'efforçait de les contenir.

A intervalles réguliers, Liselotte les remettait machinalement en place, d'un mouvement tournant de ses mains larges comme des battoirs.

Immédiatement, avec des gestes calmes et précis, elle fit faire quatre tours au plateau du tabouret afin de le rehausser. Quand les pieds d'Adeline reposèrent à plat dessus, elle lui passa rapidement autour du bras, juste au-dessus du coude, une bande d'épais tissu extensible, surmontée d'un cadran rond à aiguille, sous laquelle

elle glissa le tensiomètre destiné à prendre sa tension artérielle. Elle pressa trois fois sur la poire en caoutchouc et relâcha.

Quand l'aiguille se stabilisa, Liselotte Denstrup étouffa un juron : la tension d'Adeline était tombée à 9-5. Le seuil critique. Très critique même (1).

Sans perdre une seconde, Liselotte se précipita vers l'électrocardiogramme. C'était encore moins rassurant : le cœur de la jeune fille, toujours inerte, battait à trente pulsations à la minute (2). Quant au zigzag vert sur l'écran, il était si cahoteux qu'il ressemblait davantage au grand-huit de Disneyworld qu'à un tracé cardiaque normal.

Liselotte ouvrit le cahier noir à spirale qui se trouvait sur la table de bois laqué, à droite de l'écran de télévision. Elle l'ouvrit à la page marquée « Adeline Foquer » et nota rapidement tous ces chiffres.

Elle referma le cahier d'un geste sec et lança à Adeline un regard chargé de haine et de cruauté froide.

— J'espère que cette conne ne va pas nous claquer entre les doigts, murmura-t-elle sans presque desserrer ses lèvres minces.

Elle passa une main machinale sur son sein droit et décrocha le téléphone intérieur.

(1) Une tension normale est d'environ 13-8. Mais elle varie en fonction des individus, et notamment de leur âge.

(2) Un cœur en bonne santé a entre soixante et quatre-vingts pulsations à la minute. Mais, là encore, ces chiffres sont variables suivant les individus.

*
**

Olaf Denstrup secoua sa tignasse rousse, longue sur la nuque mais fortement dégarnie sur les tempes et le front. Il poussa un soupir de satisfaction et ferma les yeux. Ses mains énormes emprisonnèrent sans difficulté les fesses rebondies de la fille qui se tenait à quatre pattes devant lui, immobile.

Ses longs cheveux blonds presque blancs tombaient en cascade sur ses épaules un peu trop maigres et les cuissardes qu'elle portait, à l'exclusion de tout autre vêtement, mettaient en valeur sa peau laiteuse. Elle était plutôt grande, mais placée à côté du mètre quatre-vingt-quinze et des cent vingt kilos d'Olaf, on aurait dit une poupée minuscule.

Docilement, elle s'était agenouillée sur l'épais tapis de laine vierge qui occupait la quasi-totalité de la chambre meublée en pin norvégien, aux murs entièrement boisés. Et elle attendait le bon vouloir de l'homme à genoux derrière elle, dont les doigts caressaient fiévreusement sa croupe.

Elle tourna la tête vers lui. Ses immenses yeux verts semblaient prendre toute la place dans son visage triangulaire aux traits creusés.

— Allez-y doucement, murmura-t-elle d'une voix un peu lasse. Avec le machin énorme que vous trimballez, j'ai pas envie d'être ouverte en deux, moi !

Olaf éclata d'un rire énorme et baissa complaisamment les yeux vers l'invraisemblable pieu de chair rigide qui jaillissait au bas de son ventre, émergeant d'un fouillis de poils écarlates. A soixante et un ans, il était plus fier que jamais de cette virilité dont la nature l'avait très généreusement doté et qui était toujours aussi infatigable que quand il avait vingt ans.

— Ne t'inquiète pas, *min skat* (1), on va faire ça dans les règles de l'art !

Saisissant son membre à pleines mains, il en promena l'extrémité congestionnée le long du sillon profond de la fille, à peine masqué par une légère toison d'or. Elle frissonna à ce contact. Involontairement, elle creusa les reins pour ouvrir davantage le fruit mûr de son intimité.

Olaf l'empoigna par les hanches et, avec un sourd rugissement, projeta son ventre en avant. Son sexe s'engloutit de toute sa longueur dans le ventre de sa partenaire. Celle-ci eut un violent soubresaut et poussa un cri de douleur.

— Moins fort, gémit-elle, vous me faites mal !

— Prends patience, répliqua Olaf en soufflant comme un bœuf, dans deux minutes, tu me supplieras de te défoncer encore plus !

Sans aucun ménagement, Olaf entreprit de la pilonner en force. A chaque coup de rein qu'il donnait, son ventre proéminent, barré d'une longue cicatrice rosâtre, venait claquer contre le postérieur de la fille qui tressautait sous ses formidables coups de boutoir.

Olaf prenait plaisir à ressortir de toute sa longueur, contemplait d'un œil satisfait, presque attendri, son sexe luisant avant de s'engloutir à nouveau dans le fourreau brûlant. Un traitement

(1) Ma chérie.

qui semblait convenir à sa partenaire dont les cris de douleur faisaient place, petit à petit, à des soupirs extasiés.

Olaf sursauta quand la sonnerie grêle du téléphone retentit.

— Pas moyen d'être tranquille chez soi, grommela-t-il.

Toujours enfoncé jusqu'à la garde dans le ventre de la fille, il la traîna sans effort apparent jusqu'au petit guéridon de pin vernis qui se trouvait près du lit recouvert d'un simple édredon de plume, à la mode nordique. Il décrocha le combiné d'un geste brusque.

— Qu'est-ce qu'il y a encore ? gronda-t-il.

Presque aussitôt, sa voix se radoucit :

— Ah c'est toi, *min elskede* (1), tu as besoin de quelque chose ?

A mesure qu'il écoutait, le front d'Olaf se barrait d'un pli soucieux.

— Ne bouge surtout pas, finit-il par dire, je descends tout de suite.

Il raccrocha précipitamment et se retira du fourreau étroit avec un bruit mouillé, déclenchant un gémissement de protestation.

— Désolé, *min skat,* mais le devoir m'appelle, dit-il en lui donnant une claque amicale sur les fesses. Attends-moi là, je n'en ai pas pour longtemps.

— C'est bien ma veine, répondit-elle en se relevant pour aller s'affaler sur le lit : juste au moment où je commençais à prendre mon pied !

Olaf enfila rapidement un pantalon de gros

(1) Mon amour.

velours côtelé marron et une chemise à carreaux rouges à même la peau. Avant de quitter la chambre, il se planta un moment devant la fenêtre, les yeux dans le vague, et inspira profondément.

Jamais il ne parviendrait à se rassasier de ce spectacle. Jamais il ne se lasserait de contempler les eaux vertes du fjord (1) qui serpentaient paresseusement entre les deux murailles de granit, torturées, convulsives, que seul le vol saccadé des mouettes rieuses parvenait à dominer.

Il avait eu beau parcourir la terre entière, quand il était encore un professeur de médecine illustre, un chercheur mondialement reconnu ; il avait eu beau goûter tous les plaisirs de Paris, de Tokyo ou de New York ; finalement, il n'y avait qu'ici qu'il se sentait vraiment lui-même, Olaf Denstrup, dans sa vaste maison de bois peinte en blanc et gris, au bord du Rombakkfjord, à quelques kilomètres de Narvik (2).

Machinalement, il suivit des yeux le bateau de la compagnie Narvik Line qui emmenait sa cargaison de touristes vers l'intérieur de la terre, cette terre interminable et déchiquetée par la mer qui formait son pays : la Norvège.

Dans ces moments de contemplation, Olaf se

(1) Golfe s'enfonçant profondément à l'intérieur des terres, en Scandinavie et en Ecosse. Les plus beaux sont en Norvège.

(2) Ville située au-delà du Cercle polaire. C'est le port d'exportation du minerai de fer suédois. En 1940, pour s'assurer le contrôle de Narvik, les Allemands et les Alliés, notamment français, se sont heurtés dans de très violents combats.

sentait l'âme d'un Viking. Lui aussi avait entrepris une conquête, une conquête encore bien plus formidable que celle de ses ancêtres sur leurs drakkars. Et quand il aurait réussi, l'humanité entière se souviendrait de son nom pour tous les siècles à venir.

Olaf s'arracha à sa contemplation et, sans un regard pour la fille étendue nue sur le lit, il sortit de la chambre et descendit l'escalier qui conduisait au sous-sol, là où il avait installé son laboratoire.

Liselotte ouvrit la porte au moment où il posait la main sur la poignée.

— J'ai l'impression qu'on a forcé la dose, dit-elle d'une voix froide, sans regarder son mari. Cette conne est au bord du claquage.

Olaf jeta un coup d'œil à Adeline, toujours sans connaissance, qui pendait lamentablement du plafond comme une pauvre poupée de chiffons désarticulée.

— Il n'y a aucune raison pour que l'expérience se passe mal, dit-il sans s'émouvoir. J'ai pris toutes mes précautions. Et nous devons absolument réussir. Où en sommes-nous ?

Liselotte attrapa le cahier à spirale et l'ouvrit directement à la bonne page.

— Tension : 9-5, énonça-t-elle d'un ton professionnel.

Olaf eut un hochement de tête contrarié :

— Le cœur ?

— Trente pulsations.

— Bon, je vais lui faire une piqûre de tonicardiaque.

Olaf ouvrit l'armoire métallique fixée au mur, à droite de la porte du labo. Il en sortit une seringue toute prête, à demi remplie d'un liquide incolore. Il en fit jaillir deux minuscules gouttes pour s'assurer qu'il n'y avait pas de bulle d'air à l'intérieur (1).

Après avoir nettoyé le haut de la cuisse gauche d'Adeline avec un morceau de coton imbibé d'éther, il planta l'aiguille dans le gras du muscle et lui injecta lentement tout le liquide qu'elle contenait. Il attendit une minute avant de se tourner vers Liselotte :

— Le cœur ?

— Ça va : on est remonté à soixante-cinq pulsations.

— Parfait. Prends-lui sa tension.

Tandis que Liselotte lui fixait le brassard sur le bras, Adeline reprit connaissance avec un gémissement étouffé.

— A la bonne heure ! s'exclama Olaf. On va pouvoir continuer...

Liselotte lui jeta un regard rapide :

— Tu ne crois pas que ça suffit pour aujourd'hui ?

— Non. Cette fille a un cœur en acier trempé. Je suis certain qu'elle peut tenir encore une heure. La tension ?

— 11-6.

— Ça ira. Allez, hop ! on remet ça...

D'un geste sûr, il fit faire une dizaine de tours au plateau du tabouret. Adeline poussa un cri de douleur. Elle était de nouveau suspendue dans le

(1) Si une bulle d'air pénètre dans une artère, elle remonte jusqu'au cœur et provoque la mort instantanée par embolie.

vide. Elle hoqueta, voulut parler, supplier, mais aucun son intelligible ne franchit ses lèvres.

Liselotte toucha le bras d'Olaf :

— Je remonte. Si tu as besoin de moi, je suis à la cuisine.

Olaf ne répondit rien, perdu dans la contemplation d'Adeline qui se débattait dans ses liens. De plus en plus faiblement.

Il était tout près du but, il le sentait. Cela faisait huit jours que cette fille était soumise à la même torture, à raison de deux séances quotidiennes. De plus en plus longues, les séances. Et elle tenait remarquablement bien le coup.

Olaf se frotta les mains. Bientôt, il serait en mesure de prouver au monde entier qu'il était le plus grand scientifique de tous les temps. Un véritable bienfaiteur de l'humanité.

En attendant, il était déjà capable d'affirmer que le Christ, sur sa croix, n'avait pas pu mourir en un seul après-midi, comme le prétendent les Ecritures. Adeline en était la preuve. Il y avait eu trucage. Falsification des faits. Depuis deux mille ans, les hommes vivaient avec ce mensonge. Un mensonge que lui, Olaf Denstrup, allait réduire à néant.

Et ce ne serait que le début.

Il s'approcha d'Adeline qui geignait à présent sans discontinuer, le corps agité de faibles soubresauts, la respiration sifflante. Il posa son énorme main sur sa croupe rebondie, parfaitement mise en valeur par la guêpière serrée au maximum.

L'image de la fille qui l'attendait en haut, dans sa chambre, passa devant ses yeux. Il sentit son sexe s'ériger et tendre le velours de son pantalon.

Après tout, il pouvait bien joindre l'utile à l'agréable. Rien de plus facile que d'augmenter encore la souffrance de sa victime en se soulageant.

Repoussant le tabouret d'un coup de pied, Olaf actionna les deux poulies qui retenaient Adeline au plafond et la fit descendre d'une dizaine de centimètres. Elle était loin de toucher le sol, mais vue la différence de taille entre eux deux, il était juste à la bonne hauteur.

Il descendit le zip de son pantalon d'un geste brusque. Aussitôt, son formidable membre jaillit à l'air libre, tendu comme un ressort. Il en promena l'extrémité gorgée de sang sur la peau veloutée de la croupe d'Adeline. Sans provoquer la moindre réaction chez elle.

— Attends, souffla-t-il, les yeux exorbités, j'ai quelque chose pour toi qui va te remonter un peu le moral !

Saisissant les fesses rondes à pleines mains, il les écarta au maximum et appuya son sexe dur contre la petite rosette brune et plissée. Agrippant sa victime par les hanches, il poussa de toutes ses forces.

Adeline eut un hurlement inhumain quand le membre monstrueux perfora ses reins de toute sa longueur.

Olaf se mit à aller et venir en elle sans se soucier de ses cris perçants. Uniquement préoccupé par ce fourreau qui l'enserrait si étroitement qu'il avait du mal à s'y mouvoir. Chacun de ses coups de boutoir projetait le corps de sa victime en avant, faisant grincer les poulies qui la retenaient au plafond.

Sentant le plaisir monter de son ventre, Olaf accéléra encore ses mouvements, sans prendre garde que la sonnerie accompagnant les battements de cœur d'Adeline s'était brusquement arrêtée.

Il se répandit en éructant son plaisir, ses ongles trop longs plantés dans la peau douce de sa victime.

Ce n'est que lorsqu'il eut repris ses esprits qu'Olaf s'aperçut que quelque chose clochait. Sans même prendre la peine de se rajuster, il bondit vers l'écran relié à l'électrocardiogramme.

— Merde ! C'est pas vrai, quelle connerie !

Sur l'écran noir, plus de zigzag. Juste une ligne verte parfaitement horizontale, sans le moindre petit soubresaut. Le cœur d'Adeline, déjà exténué par le traitement subi, n'avait pas supporté la souffrance causée par la sodomie et avait lâché.

Elle était morte.

Olaf se redressa d'un bond en entendant s'ouvrir la porte du laboratoire. Liselotte vint vers lui comme une furie. Ses yeux délavés lançaient des éclairs.

— Qu'est-ce qui se passe ici ? gronda-t-elle. C'est quoi ces hurlements ?

Son regard alla du corps inerte d'Adeline à la braguette encore ouverte d'Olaf. Elle se précipita vers l'écran de l'électrocardiogramme et son visage se tordit en un rictus de colère.

— Espèce d'imbécile ! siffla-t-elle sans presque desserrer ses lèvres minces. Tu l'as tuée ! Tu es content de toi, pauvre crétin ?

Elle se planta face au géant roux et lui assena une violente paire de gifles. Les poings d'Olaf se serrèrent, mais finalement, il baissa les yeux et ne répondit rien. Dompté, une fois de plus.

Ça avait toujours été comme ça. Dès leur première rencontre, trente ans plus tôt, à Copenhague, au Danemark, où Olaf, jeune médecin à qui tout le monde prédisait un avenir exceptionnel, était venu faire une conférence à l'école d'infirmières.

A la fin de son speech, une grande blonde aux formes épanouies l'avait abordé sous prétexte d'une question complémentaire à lui poser.

Une heure plus tard, sans bien comprendre ce qui lui arrivait, Olaf s'était retrouvé dans la petite chambre de Liselotte Dagerman. Elle l'avait quasiment violé, lui, le jeune toubib brillantissime, jusque-là davantage préoccupé par ses études que par les charmes féminins. Elle l'avait chevauché pendant des heures, s'empalant sur cet énorme sexe qui lui arrachait des hurlements de plaisir.

A aucun moment, elle ne lui avait laissé l'initiative des opérations. Mais loin de s'en sentir déviriliser, Olaf avait eu ce jour-là la révélation d'une plénitude sexuelle qu'il n'avait jamais connue auparavant. Dont il ne soupçonnait même pas l'existence.

Un an plus tard, son diplôme d'infirmière en poche, Liselotte Dagerman était devenue madame Denstrup et avait quitté le Danemark pour suivre son mari dans toutes les universités du monde où sa renommée de chercheur le conduisait.

Parfois, dans ses rares moments de lassitude, Olaf se disait qu'il n'avait jamais décidé de rien, qu'il n'était qu'un pantin dont Liselotte tirait les ficelles. Un pantin surdoué, d'accord, mais un pantin quand même.

C'est elle aussi qui l'avait poussé à quitter l'Université deux ans plus tôt. Officiellement pour prendre sa retraite, mais en fait pour s'atteler à l'œuvre de sa vie. Cette œuvre qui touchait à présent à son terme et qui ferait de lui une gloire de l'humanité. Et accessoirement, un homme riche. Mais ça, Olaf s'en fichait : riche, il l'était déjà grâce à la conserverie de morues, l'une des plus importantes de Norvège, dont il avait hérité de son père.

Enfin, il osa relever les yeux vers Liselotte.

— Ne te fâche pas, *min elskede,* dit-il d'une voix humble. Ça a été plus fort que moi…

Liselotte haussa les épaules et se détourna de lui :

— Pauvre type ! Tu sais pourtant le mal que nous avons à nous procurer des sujets.

Tout en parlant, elle s'affairait à décrocher le corps d'Adeline qui glissa mollement sur le carrelage blanc. Liselotte lui décocha un violent coup de pied dans le ventre.

— Et cette salope qui n'est même pas capable de supporter un coup de queue, gronda-t-elle. C'est à vous dégoûter de préparer des expériences avec autant de soin !

Olaf s'approcha d'un pas hésitant. Il se baissa et chargea le corps d'Adeline sur son épaule sans le moindre effort apparent.

— Calme-toi, je t'en supplie, dit-il. Bien sûr, je reconnais que c'est embêtant. Mais il nous en reste quand même trois autres.

Liselotte le regarda sortir avec le corps et resta

un long moment immobile au centre du laboratoire. Dans le fond, Olaf avait raison. C'est vrai qu'ils avaient encore trois filles à leur disposition et que c'était amplement suffisant pour arriver au bout des travaux entrepris dans le plus grand secret.

A condition, bien sûr, qu'elles ne subissent pas le même sort qu'Adeline.

CHAPITRE II

— Je te souhaite le plus heureux des anniversaires...

— Idiot ! Tu sais bien que du moment que tu es là, il est forcément heureux !

Les deux coupes en cristal de Baccarat s'entrechoquèrent, faisant pétiller le Dom Pérignon qu'elles contenaient.

L'inspecteur divisionnaire Boris Corentin trempa ses lèvres dans le breuvage frappé et poussa un soupir d'aise. Une soirée entière avec Ghislaine, chez elle, dans son duplex de Neuilly dont la terrasse s'ouvrait sur le bois de Boulogne tout proche, voilà qui ne lui était pas arrivé depuis longtemps.

Pas une minute de libre depuis le début de ce mois de juin. Comme si les premières chaleurs avaient le don de surexciter tous les détraqués sexuels de la capitale.

Résultat des courses : lui, Boris Corentin, l'as des as des Affaires recommandées, la section reine de la célèbre Brigade Mondaine, était sur les dents depuis plus de quinze jours. Lui et aussi l'inspecteur principal Aimé Brichot, Mémé pour les intimes, son fidèle coéquipier. Et, en prime, son meilleur ami.

Mais, maniaques sexuels ou pas, il ne pouvait pas rater l'anniversaire de Ghislaine Duval-Cochet, sa maîtresse, son amante, son double féminin. Celle vers qui il revenait toujours, en dépit de toutes les bonnes fortunes que lui procuraient ses cheveux bruns bouclés, sa carrure d'athlète et sa « gueule » de héros de cinéma. D'autant plus que Ghislaine s'était arrangée pour faire une escale de trois jours à Paris, entre New York et Tokyo où elle devait présenter la collection automne-hiver de la maison de prêt-à-porter de luxe qui la faisait vivre. Très bien vivre même.

Ghislaine se leva du canapé de cuir crème dans lequel elle était assise à côté de Boris et se dirigea vers la chaîne stéréo, une Akaï dernier modèle. Boris suivit d'un œil intéressé le balancement de sa croupe, moulée dans un tailleur Chanel vert anglais qui mettait parfaitement en valeur la finesse de ses jambes interminables.

Ghislaine posa délicatement un disque laser dans le chariot qui se referma sans un bruit. Aussitôt, les accords du piano emplirent l'espace avec une présence et un relief étonnants. Ghislaine se retourna vers Boris avec un demi-sourire.

— Alors ? demanda-t-elle d'une voix veloutée.

Boris se frotta le menton :

— Je dirais la dernière sonate de Beethoven, l'opus 111.

— Gagné ! Et jouée par qui ?

— Là, tu m'en demandes trop : je sèche...

Ghislaine eut un petit rire ravi :

— Rudolf Serkin (1) !

Elle revint s'asseoir près de Boris et se lova contre lui en ronronnant. De ses longs doigts impeccablement manucurés, elle désigna le vase chinois posé sur la table basse signée Claude Dalle, dans lequel s'épanouissait un énorme bouquet de tulipes blanches :

— Rien ne pouvait me faire plus plaisir, murmura-t-elle. Je ne pensais pas que tu te souvenais que ce sont mes fleurs préférées. Et une fleur par année d'âge, en plus ! Tu sais que tu me fais craquer, mon beau flic d'amour ?

Boris ne répondit pas. Entre Ghislaine et lui, les paroles étaient superflues : ils se comprenaient au quart de tour. Un peu comme Aimé Brichot, mais sur un tout autre plan, évidemment.

Boris passa son bras autour des épaules de Ghislaine et l'attira contre lui, tandis que se terminait le premier mouvement de la sonate. Les notes aériennes, presque immatérielles, de la sublime « ariette » formant le deuxième mouvement s'élevèrent avec autant de naturel que si elles étaient issues directement de l'air tiède et parfumé de ce mois de juin.

Boris glissa son autre main dans l'échancrure de la veste de Ghislaine et emprisonna la masse ferme et veloutée de son sein. Sous la caresse de ses doigts habiles, le mamelon s'érigea aussitôt, arrachant un gémissement rauque à Ghislaine.

— J'ai envie que tu me prennes tout de suite,

(1) Rudolf Serkin (1903-1991). Grand pianiste d'origine autrichienne, grand spécialiste, entre autres, de Beethoven, Schubert et Brahms.

murmura-t-elle en mordillant amoureusement l'oreille de Boris.

Exactement le genre de demande qu'il n'avait pas l'intention de refuser. Sa main vint se poser sur les cuisses pleines et bronzées de sa maîtresse dont la respiration s'accéléra. Boris poussa un soupir de satisfaction en atteignant la toison dorée de Ghislaine. Sous son tailleur, elle était entièrement nue.

Grande bourgeoise au-dessus, superbe salope en dessous. Exactement comme il aimait.

— Tu vas me rendre folle, mon salaud, hoqueta-t-elle. Fais quelque chose, vite !

Pour dissiper toute ambiguïté sur le « quelque chose » en question, Ghislaine posa ses doigts sur la bosse qui déformait le jean de Boris et entreprit de le masser doucement.

— Mon Dieu, comme tu es gros ! dit-elle d'une voix de petite fille extasiée. Je crois que je ne m'en lasserai jamais.

— J'espère bien ! fit Boris, que le petit jeu de Ghislaine excitait de plus en plus.

Avec des gestes rendus fébriles par le désir, il releva sa jupe très haut sur ses cuisses, tandis qu'elle bataillait avec les boutons de son jean « 501 » pour en extraire l'objet de sa convoitise. Elle poussa un long soupir de bonheur quand elle parvint à le saisir à pleines mains.

Elle se renversa sur le canapé et ouvrit largement ses cuisses, un pied posé sur le dossier, l'autre sur l'épaisse moquette gris perle.

Boris contemplait avec avidité la pose affolante de Ghislaine dont l'intimité semblait éclore comme une fleur couverte de rosée. Elle l'agrippa par les épaules et l'attira sur elle. Elle eut un soubresaut incontrôlé quand le membre de Boris vint buter contre les tendres pétales de son ventre.

Prenant appui sur ses poings serrés, Boris projeta ses reins en avant. Ghislaine poussa un râle de volupté en sentant le membre palpitant de son amant s'introduire en elle de toute sa longueur. Aussitôt, elle croisa ses pieds derrière son dos, comme pour l'attirer encore plus profondément.

— Ah, Boris ! haleta-t-elle. Comme c'est bon. Plus fort, je t'en supplie !

Boris accéléra ses mouvements de va-et-vient dans le fourreau étroit et brûlant qui l'aspirait goulûment. Pas trop, cependant : il voulait faire durer son plaisir, et surtout celui de Ghislaine, tirer de son corps parfait la moindre parcelle de jouissance. C'était ce qu'elle préférait et il le savait bien : plus c'était long, meilleur c'était.

Pourtant, au lieu d'épouser la cadence imprimée par Boris, comme elle savait si bien le faire d'habitude, Ghislaine imprimait à son bassin des saccades de plus en plus rapides.

— Fais-moi jouir vite, souffla-t-elle. Dépêche-toi, il va bientôt arriver...

Boris retint de justesse le juron qui lui montait aux lèvres. Il avait presque oublié la mauvaise nouvelle de la soirée : Ghislaine s'était bêtement mis en tête de lui présenter un ami à elle, un jeune toubib qui, paraît-il, avait des problèmes. Et le pire, c'est qu'elle lui avait demandé de passer chez elle le soir-même, sachant que Boris y serait.

Non seulement Boris n'avait aucune envie de le voir, mais surtout pas maintenant. Malgré tout, il accéda au désir de sa maîtresse et précipita ses coups de boutoir, de plus en plus puissants, de plus en plus profonds. D'abord parce qu'il ne pouvait décidément rien refuser à Ghislaine. Ensuite parce qu'il sentait le plaisir monter de ses reins en une vague incontrôlable.

Ghislaine poussa un long cri de délivrance quand Boris se déversa en elle de toute sa puissance. Fauchée par l'orgasme. Elle noua ses bras derrière sa nuque et ils échangèrent un long baiser plein de passion, tandis que venaient mourir à leurs oreilles les ultimes accords de la sonate opus 111 de Ludwig van Beethoven.

Moment d'intense volupté, d'ineffable tendresse après l'amour, qui fut brutalement interrompu par un coup de sonnette péremptoire. Avec la rapidité d'un grand fauve, Boris bondit hors du canapé.

— Bravo, grommela-t-il en rajustant son jean, comme soirée intime c'est vraiment réussi !

Ghislaine lui jeta un regard désolé :

— Excuse-moi, mon amour, mais il a vraiment insisté pour te rencontrer, je ne pouvais pas le laisser tomber. Va ouvrir, veux-tu ? Moi, je file à la salle de bains me rendre à peu près présentable.

Elle eut un petit rire ravi :

— Ça ne va pas être facile après ce que tu m'as fait subir, grande brute !

Elle disparut et Boris alla ouvrir la porte. Il se trouva nez à nez avec un homme qui ne devait pas avoir plus de trente ans. Il était un peu plus petit que Boris mais à peine, les cheveux blonds impeccablement coupés, le teint hâlé de ceux qui ont les moyens de prendre des vacances toute l'année.

Boris se dit qu'avec son costume de lin grège, sa cravate bleu pâle de chez Kenzo et ses mocassins signés Weston, il avait tout d'une gravure de mode. Tendance très friquée évidemment.

L'autre le détaillait d'un air suspicieux. Les cheveux en bataille de Boris et son tee-shirt froissé qui sortait à demi de son jean, tout cela ne devait lui laisser aucun doute sur ce qui venait de se passer juste avant son arrivée. Il parut faire un violent effort sur lui-même pour s'arracher un sourire.

— Ghislaine est là ? finit-il par demander d'un ton un peu trop sec.

— Elle se prépare, répondit Boris en s'effaçant pour le laisser entrer. Je suppose que vous êtes Henri de Castelgricourt ?

— Et vous l'inspecteur Corentin ?

Il avait prononcé le mot inspecteur avec une telle moue de dédain que Boris dut enfoncer les mains dans ses poches pour être sûr de ne pas le gifler avant de le foutre dehors. Il se retint à grand-peine : les désirs de Ghislaine étaient des ordres. Il suivit Henri dans le salon. Celui-ci se laissa négligemment tomber dans le canapé et Boris s'assit à califourchon sur une chaise en face de lui.

De plus en plus soupçonneux, Boris. En entrant, Henri n'avait pas eu un regard pour le décor de l'appartement, comme on le fait par simple réflexe quand on pénètre quelque part pour la première fois. Donc, il était déjà venu. Donc, connaissant le tempérament volcanique de Ghislaine, il était de moins en moins sûr que l'espèce de play-boy tiré à quatre épingles qui l'observait en silence ne soit qu'un ami...

Il chassa ces mauvaises pensées et planta son regard dans celui, légèrement fuyant, de son vis-à-vis.

— Ghislaine vous a recommandé à moi, attaqua-t-il. Le mieux serait peut-être que vous me racontiez ce que je peux éventuellement faire pour vous...

Henri de Castelgricourt chassa de l'ongle une poussière imaginaire sur le revers de son pantalon et se racla la gorge :

— C'est que ce n'est pas quelque chose de très facile...

Boris s'autorisa un petit sourire ironique :

— Si c'était facile, je suppose que vous n'auriez pas besoin de moi, n'est-ce pas ? Et puis, dites-vous bien que, difficile ou pas, si vous ne me dites rien, on ne progressera pas d'un pouce. OK ?

Henri releva vivement la tête et lui lança un regard brillant de colère. Mais il se reprit aussitôt :

— D'accord, laissa-t-il tomber d'un ton morne. Après tout, si j'ai pris la peine de venir, autant en finir.

Il sortit un paquet de Rothmans International de sa poche et en sortit une sans prendre la peine d'en offrir à Boris.

— Ghislaine a dû vous dire que j'étais médecin, attaqua-t-il en reposant le lourd briquet en onyx sur la table basse en verre fumé. Neurologue pour être plus précis. Lorsque j'ai fait mon internat, il y a quatre ans, mon grand patron était Olaf Denstrup. Ça vous dit quelque chose ?

Boris fit fonctionner sa fabuleuse mémoire.

Oui, il voyait très bien : chercheur norvégien mondialement connu, docteur *honoris causa* de la plupart des grandes universités de la planète, célèbre notamment pour ses travaux sur la douleur, inventeur de plusieurs analgésiques (1) miraculeux. Boris s'offrit le plaisir de débiter tout ce dont il se souvenait sans hésiter une seconde. Henri le dévisagea avec un peu plus de respect dans le regard.

— Bien. Ce que vous ne savez peut-être pas, c'est qu'Olaf Denstrup, dont j'étais le premier assistant, a pris sa retraite universitaire il y a deux ans pour poursuivre ses recherches seul.

Boris attendit que la moto qui pétaradait dans la rue Jacques-Dulud ait disparu pour répondre :

— Jusque-là, je ne vois pas ce que je peux faire. A part vous plaindre parce que vous avez perdu votre job.

Henri ne releva pas l'ironie et tira nerveusement sur sa cigarette.

— J'y arrive, finit-il par dire d'une voix de moins en moins assurée. Il y a trois mois, Olaf Denstrup m'a recontacté. Il avait un service à me demander.

— On peut savoir lequel ?

Henri garda le silence avant de se jeter à l'eau :

— Il voulait que je lui procure quatre prostituées spécialisées dans le sadomasochisme pour poursuivre ses expériences sur la douleur.

Boris faillit en laisser tomber le paquet de Gallia qu'il venait de sortir de sa poche. Il dévisagea son interlocuteur d'un air ébahi :

(1) Médicaments antidouleur.

— Attendez, j'ai peur d'avoir mal compris : vous êtes en train de me dire qu'il vous a chargé de recruter des filles uniquement pour les faire souffrir et étudier leurs réactions ?

— C'est exactement ça. Denstrup travaille depuis deux ans sur un nouvel analgésique révolutionnaire. Il est resté très vague avec moi, mais j'ai pu comprendre qu'il s'agissait d'un produit hautement sélectif capable de bloquer les centres nerveux de la douleur sans affecter aucune autre fonction cérébrale.

Henri s'agitait de plus en plus sur le canapé. Ses yeux brillaient et ses pommettes avaient rougi.

— Vous vous rendez compte ? reprit-il d'une voix qui tremblait d'excitation. S'il aboutit, l'humanité souffrante ne sera plus qu'un mauvais souvenir. L'homme aura enfin vaincu sa pire ennemie : la douleur !

Boris le toisa d'un œil glacial :

— En attendant, votre génie n'hésite pas à torturer des filles pour ses recherches. Car évidemment, si vous êtes là, c'est que vous avez accepté de lui fournir ce qu'il demandait, n'est-ce pas ?

Henri se leva d'un bond et se mit à arpenter la pièce en tous sens :

— Je devais le faire ! L'expérimentation animale ne suffit plus, au stade où Denstrup en est arrivé. Il faut absolument qu'il puisse tester son produit sur des organismes humains pour pouvoir le modifier en fonction des réactions obtenues.

Boris passa la main dans ses cheveux. Totalement sidéré par ce qu'il entendait.

— Ainsi, c'était vrai, murmura-t-il pour lui-même. Je ne voulais pas y croire quand on m'a raconté qu'aux Etats-Unis, après la guerre, on avait recruté d'anciens toubibs nazis pour faire des expériences de résistance au froid sur les prisonniers coréens. D'après ce que vous dites, non seulement c'était exact, mais en plus, ça continue !

Henri se laissa retomber dans le canapé et baissa la tête :

— Oui, on est obligé d'en passer par là si on veut aboutir. Mais c'est pour la science ! Pour le bien de...

Boris l'arrêta d'un geste de la main droite.

— Epargnez-moi votre déontologie bidon, dit-il d'une voix glaciale, et dites-moi plutôt ce que je viens faire là-dedans.

— J'y venais. J'ai donc recruté quatre filles.

— Comment ?

— Dans *Domina,* une revue de petites annonces spécialisée en SM (1) qui...

— Je connais, coupa Boris. Et après ?

Henri, de plus en plus mal à l'aise, se leva et alla se planter devant la large baie vitrée ouverte. Il aspira une profonde goulée d'air tiède, saturé de l'odeur des lilas en fleur. Il poursuivit sans se retourner :

— Je n'ai eu aucun mal à les trouver. Il faut dire que la somme proposée par Denstrup était alléchante : cinquante mille couronnes norvégiennes pour deux semaines, soit environ soixante mille francs. Voyage payé bien sûr.

De plus en plus agacé, Boris se leva à son tour et vint se planter juste derrière Henri qui se retourna

(1) Abréviation de sadomasochisme.

vivement. Un bruit de flacon cognant sur une tablette en verre leur parvint distinctement de la salle de bains.

— Bon, maintenant que vous avez bien tourné autour du pot, fit Boris, vous allez peut-être me dire enfin ce qui cloche dans tout ça ?

Henri soupira à fendre l'âme :

— Le hic, c'est que les quatre filles, que j'ai accompagnées moi-même à l'avion il y a un bon mois maintenant, semblent s'être volatilisées dans la nature.

Boris dressa l'oreille, brusquement intéressé :

— Comment ça, volatilisées ?

— Je leur avais demandé de me contacter à leur retour. Simple curiosité scientifique. Aucune ne l'a fait. Mais il y a plus inquiétant : Olaf Denstrup et sa femme, Liselotte, ont également disparu.

— Comment le savez-vous ?

— J'ai appelé plusieurs fois à leur domicile d'Oslo, jamais personne n'a répondu. Pour en avoir le cœur net, j'ai fait un saut là-bas : personne ne semble savoir où ils sont passés.

Boris alluma une Gallia et souffla un rond de fumée en direction de la terrasse encombrée de plantes vertes :

— Vous n'avez aucun moyen de savoir où ils peuvent être ?

— Je sais que Denstrup est propriétaire d'une grosse entreprise de salaison de morues, à Tromsø, la plus grosse cité industrielle du Nord de la Norvège. Le problème c'est qu'il n'y met jamais les pieds, paraît-il. Et le directeur a obstinément refusé de me donner son adresse.

Boris attrapa son blouson accroché au portemanteau chromé et en sorti un petit carnet recouvert de moleskine bleue, ainsi qu'un Bic noir.

— Reprenons méthodiquement, si vous le voulez bien, dit-il en s'asseyant. Racontez-moi le départ des filles que vous avez si complaisamment recrutées.

— Elles sont parties le 28 mai de Roissy par le vol 315 des SAS *(Scandinavian Airlines System)*. Vol direct Paris-Oslo.

— Et une fois là-bas ?

— Denstrup devait les récupérer à leur descente d'avion.

— Si je comprends bien, fit Boris, vous comptez sur moi pour retrouver votre savant, sa femme, sans oublier les quatre malheureuses que vous lui avez livrées pieds et poings liés. Pourquoi ?

Henri ne répondit pas tout de suite. Quand il releva les yeux, il sembla à Boris que ses traits avaient pâli.

— Parce que j'ai peur, lâcha-t-il enfin.

— Peur de quoi ?

— Que Denstrup aille trop loin dans ses expériences.

Boris ne put réprimer un geste d'énervement :

— Rien ne prouve ça, il me semble. Denstrup est un chercheur mondialement connu qui doit savoir ce qu'il fait, non ?

Henri sortit une enveloppe de sa poche et la tendit à Boris :

— Tenez, lisez la dernière lettre qu'il m'ait envoyée. Vous comprendrez ce que je veux dire.

Boris parcourut rapidement la dizaine de feuillets manuscrits, rédigés dans un français parfait.

Henri avait raison : c'était la lettre d'un fou. Ou tout au moins d'un exalté qui ne reculerait devant rien pour atteindre son but. Après des années de Brigade Mondaine, Boris les connaissait par cœur, ces hommes, et parfois ces femmes, pour qui ne comptait que leur propre obsession.

La lettre de Denstrup était truffée de phrases délirantes : « Un vrai chercheur, écrivait-il de son écriture minuscule aux barres de t démesurées, doit être capable d'aller jusqu'au bout de son travail, quel que soit le prix à payer... » Plus loin, au feuillet trois : « Qu'est-ce qu'une vie humaine sacrifiée si cela peut en sauver des milliers d'autres ? » Ou encore : « Nous autres, chercheurs, devons être au-dessus des lois, au-dessus de la morale, au-dessus du pêché même. » Les deux derniers feuillets étaient quasiment illisibles, la moitié des phrases étaient laissées en suspens.

Boris commençait à prendre l'histoire très au sérieux. Il mit la lettre dans sa poche, sans paraître remarquer la contrariété qui se lisait sur le visage d'Henri.

— Ces filles que vous avez envoyées là-bas, elles savaient ce qui les attendait ?

— Bien sûr. Je ne leur ai rien caché. Vous savez, il s'agissait de professionnelles du SM. Il y en a même une qui m'a dit qu'elle devait d'abord demander l'autorisation à son homme.

Boris nota le renseignement in petto : si les filles étaient maquées, elles seraient plus faciles à identifier que des occasionnelles.

— Vous avez un moyen de les reconnaître ? demanda-t-il.

Henri sortit de la poche intérieure de sa veste de

lin une revue de petit format et la tendit à Boris. Sur la couverture, une brune aux seins opulents, harnachée de cuir, la cravache à la main, le pied droit chaussé de talon aiguille, posé sur le cou d'un homme entièrement nu et le visage masqué d'une cagoule de cuir noir. Tout à fait explicite.

— Leurs photos sont à l'intérieur, expliqua Henri, à côté de leur annonce. Je les ai entourées.

Boris fit disparaître la revue dans sa poche, juste au moment où la porte de la salle de bains s'ouvrait. Ghislaine apparut, radieuse. Elle avait troqué son tailleur Chanel contre une robe longue en soie saumon, au décolleté vertigineux et qui s'ouvrait à chacun de ses pas sur ses cuisses fuselées.

Elle s'avança lentement vers les deux hommes qui la dévoraient du regard. Elle sourit à Boris :

— Alors ?

Boris se leva, imité par Henri qui, visiblement, ne savait plus trop sur quel pied danser.

— Alors, j'ai l'impression qu'il s'agit effectivement d'un problème sérieux, répondit Boris.

— Et tu vas t'en occuper ?

— Je vais, oui...

Henri poussa un profond soupir de soulagement en entendant le oui de Boris. Il se tourna vers lui avec un sourire contraint :

— Bien, dit-il, je crois que je vais vous quitter. Apparemment, je n'ai plus rien à faire ici...

Regard lourd de sous-entendus en direction de Ghislaine qui lui offrit son plus éclatant sourire. Il parvint à grand-peine à détacher son regard des seins merveilleusement galbés qui semblaient prêts à transpercer le fin tissu de la robe et tendit sa carte à Boris :

— Au cas où vous auriez besoin de me joindre...

Il sortit sans lui serrer la main, après un dernier regard humide en direction de Ghislaine. En se disant que si les simples inspecteurs de police se mettaient à souffler les plus belles créatures aux fils de famille comme lui, c'était vraiment la fin de tout.

Dès qu'ils furent seuls, Ghislaine vint se plaquer contre Boris, mais celui-ci la repoussa doucement :

— Tu es sûre que c'est juste un copain, ton Henri de je-ne-sais-plus-quoi ?

Ghislaine rejeta la tête en arrière et eut un petit rire de gorge :

— Pas tout à fait, reconnut-elle. Mais c'est de ta faute, aussi.

— Tiens donc ! Je serais curieux que tu m'expliques ça...

— C'est quand tu étais en enquête à Avignon (1). J'ai été invitée à un cocktail de la Fondation Rothschild, au *Crillon.* Il n'y avait personne de potable pour finir agréablement ma soirée... à part Henri justement.

— Je vois le genre ! fit Boris en l'attirant contre lui.

Aussitôt, Ghislaine plaqua ses lèvres pulpeuses contre les siennes. Boris lui rendit son baiser.

Tout en se disant que sa rencontre avec Henri risquait de la plonger très vite dans une sale histoire.

(1) Voir Brigade Mondaine n° 117 : *La Papesse d'Avignon.*

CHAPITRE III

Le cri perçant vrilla le silence.

La mouette, très haut dans le ciel, plana un instant au-dessus de l'Ofotfjord qui serpentait entre les imposantes murailles de granit déchiquetées par les anciens glaciers. Puis, avec un deuxième cri encore plus aigu, elle plongea vers les eaux vertes et profondes (1).

D'un coup d'aile, elle frôla le ferry de la compagnie Hundested-Sandefjord linjen qui filait entre les murailles infranchissables vers Narvik, tout au fond du fjord Ofotfjord. Emporté par un tourbillon de vent froid qui s'engouffrait vers l'intérieur des terres, l'oiseau des mers parut prêt à perdre l'équilibre et à aller s'écraser sur la paroi rocheuse où le soleil avait fait éclore de grosses marguerites, tandis que les zones d'ombre étaient encore enneigées.

Mais d'un coup d'aile rageur il reprit un courant ascendant et obliqua brusquement sur la gauche, au-dessus du Rombaksfjord, l'un des bras secon-

(1) Certains fjords, comme le Sognefjord par exemple, peuvent dépasser 1200 mètres de profondeur.

daires du fjord principal, celui-là même où, en 1940, s'étaient déroulés les plus violents combats entre l'armée allemande et les chasseurs alpins français du général Béthouart venus aider l'héroïque armée norvégienne. Plusieurs contre-torpilleurs allemands avaient été coulés et, par temps clair, du haut des sommets environnant Narvik, leurs épaves étaient encore visibles.

Avant d'atteindre Bjerkvik, dont le petit port alignait des maisons de bois aux couleurs vives, rouge sang pour la plupart, la mouette rieuse vint se poser dans une petite crique naturelle du fjord, sur le ponton d'un embarcadère auquel était attaché un puissant bateau à moteur d'un blanc immaculé.

A une dizaine de mètres de la rive se dressait une maison luxueuse, toute en bois blanc, à l'exception des entourages de portes et de fenêtres peints en vert, le même que celui du chêne situé à sa droite et qui s'élevait beaucoup plus haut que les deux étages de la maison. On y accédait par une véranda fermée qui servait de terrasse d'hiver. Chacune des fenêtres à doubles battants, dépourvue de volets, était surmontée d'un petit auvent de bois, peint en vert lui aussi.

A cause de la crique naturelle, très fermée, la maison était quasiment invisible du Rombaksfjord. Quant à la falaise à pic qui dressait sa masse imposante juste au-dessus du toit d'ardoise à double pente, aucun chemin ne permettait de la descendre.

Soudain un cri de femme jaillit de l'intérieur de la maison et la mouette, effrayée, s'en fut à tire-d'aile.

A l'intérieur de la véranda fermée où trônaient deux fauteuils en rotin et une table basse en pin laqué, s'ouvrait un long et étroit couloir dont les murs étaient ornés de reproductions des plus célèbres tableaux de Munch (1) : l'*Enfant malade, Mélancolie, Printemps dans la rue Karl-Johan,* etc. Tout au fond du couloir, accrochée à une porte close, une citation du même peintre dans un cadre de bois brut : « Au-dessus du fjord bleu-noir pendaient des nuages rouges comme du sang et des langues de feu. Mes amis s'éloignaient et, seul, tremblant d'angoisse, je pris conscience du grand air infini de la nature. »

Dans ce couloir flottait une odeur étrange où se mêlaient le parfum frais du pin massif qui tapissait les murs et les relents entêtants des *fiskekakker* (2).

Pour la deuxième fois, un cri de femme retentit derrière la porte close. Un cri de douleur.

Derrière se trouvait le salon de Liselotte et Olaf Denstrup. Vaste pièce rectangulaire, éclairée par deux fenêtres donnant vers le fjord. Uniquement des meubles en bois blanc, sobres et élégants. Le grand buffet situé à droite de l'entrée comportait une partie vitrée dans laquelle s'entassait une multitude de bibelots, depuis le petit Viking en bois jusqu'au *troll* (3) de la plus

(1) Edvard Munch (1863-1944) : peintre, dessinateur et graveur, il est l'un des plus célèbres artistes de Norvège. Obsédé par la mort, il exprime dans ses œuvres une sensibilité d'angoissé permanent. Un musée lui est entièrement consacré à Oslo, la capitale.

(2) Boulettes de poissons.

(3) Petits gnomes qui hantent les contes et les traditions populaires norvégiens. Il s'agit le plus souvent d'un esprit malveillant vivant sous la terre.

célèbre verrerie de Norvège, celle du Hadeland.

Olaf et Liselotte étaient assis chacun dans un fauteuil aux montants de bois, rembourré de tissus aux couleurs vives. Olaf se leva brusquement et se dirigea vers la chaîne stéréo Bang Olufsen posée sur un guéridon en marqueterie qui tranchait curieusement sur le reste du mobilier.

L'attaque lancinante, menaçante, de *Dans l'antre du roi de la montagne,* l'une des parties du *Peer Gynt* de Grieg (1), s'éleva avec une puissance formidable.

Olaf revint s'asseoir dans son fauteuil et claqua dans ses mains.

— Allez, les filles, tonna-t-il d'une voix joyeuse. Maintenant, on s'active en musique. Et du nerf, s'il vous plaît !

Au milieu de la pièce, sur le tapis de haute laine couleur crème, Song, la jeune Vietnamienne, poussa un faible gémissement.

Elle venait déjà de passer un sale quart d'heure et, apparemment, cela ne suffisait pas aux maîtres de maison. Ça repartait pour un tour. Elle ferma les yeux, tentant d'oublier la douleur qui lui sciait les genoux. Cela faisait près d'une heure qu'elle était enchaînée, entièrement nue, les bras tendus à l'extrême vers le plafond d'où pendait une grosse corde tressée, à genoux sur une règle de métal de section carrée. A ses bras, ses chevilles, et sous son sein gauche étaient fixées des pastilles transpa-

(1) Edvard Grieg (1843-1907), le plus illustre des musiciens norvégiens, auteur, entre autres, de la célèbre partition *Peer Gynt*.

rentes, reliées à un électrocardiogramme posé sur une table basse à droite du fauteuil occupé par Olaf.

Avec son corps menu, ses seins à peine dessinés, ses hanches étroites et sa moue toujours un peu boudeuse, on n'aurait pas donné à Song plus de treize ans. Elle en avait exactement dix de plus.

Le premier coup de cravache, juste en bas de ses reins, la prit par surprise et lui arracha un cri aigu.

« La salope, songea-t-elle, elle y va de bon cœur... »

Debout derrière elle, Muriel leva la cravache pour la seconde fois. C'était une grande fille rousse de vingt-cinq ans, la bouche et les yeux outrageusement fardés. Ses cheveux épais croulaient sur ses épaules laiteuses, parsemées de taches de son, et sur ses gros seins comprimés dans le corset de cuir clouté dont elle était affublée sur ordre des maîtres de maison. De même qu'ils avaient exigé qu'elle chausse les hautes cuissardes à lanières et qu'elle revête cette culotte de cuir noir, fendue devant et derrière, qui laissait apercevoir la luxuriance de sa toison fauve.

Muriel abattit la cravache sur les fesses de Song qui poussa un cri déchirant. Déjà elle relevait le bras, mais Olaf l'arrêta d'un geste de la main :

— Un coup toutes les quinze secondes, pas plus, ordonna-t-il d'une voix calme. Sinon, je n'ai pas le temps de prendre les notes dont j'ai besoin.

Il prit un air sévère et pointa l'index en direction de Muriel :

— Je vous rappelle que nous ne sommes pas ici pour nous amuser, mais pour travailler. Vous êtes venues chez moi parce que la science l'exige, tâchez de ne pas l'oublier !

Muriel retint un sourire. Elle était peut-être là pour travailler, mais l'énorme bosse qui déformait le pantalon d'Olaf n'était sûrement pas provoquée par la science...

Elle attendit qu'il eût fini de noter dans son cahier noir ce qu'il lisait sur l'électrocardiogramme. Elle leva le bras. La cravache de cuir vrilla l'air et s'abattit en diagonale sur les reins de Song. Le hurlement de la jeune Vietnamienne se confondit avec celui d'une mouette rieuse qui passait au ras de la fenêtre entrouverte.

Liselotte qui, depuis le début de la séance, dévorait Muriel du regard, se tourna à demi vers son mari :

— Il serait peut-être temps de passer à la vitesse supérieure, non ?

Olaf consulta l'écran de l'électrocardiogramme où les zigzags vert fluo étaient de plus en plus hachés.

— Tu as raison, répondit-il.

Il releva les yeux vers Muriel qui attendait, les bras ballants, l'air indifférent :

— Maintenant tu frappes plus fort, lui expliqua-t-il, de façon à marquer la peau. Et un coup toutes les huit secondes.

Les yeux brillants, Liselotte attrapa l'énorme pot qui trônait sur le guéridon en bois blanc à côté de son fauteuil. Il était aux trois quarts plein de confiture de *multe*, les mûres arctiques dont les Norvégiens font leurs délices. Sans hésiter, Liselotte plongea trois doigts dans le pot et les ressortit dégoulinant de confiture rouge violacé. Elle les suça consciencieusement l'un après l'autre avant de les replonger avidement dans le pot.

Muriel leva son bras armé de la cravache au moment où l'orchestre de Grieg s'enflait à grands renforts de cuivres et de percussions. Olaf ferma un instant les yeux. C'était le passage qu'il préférait entre tous. Cette fois, ils étaient au plus profond de *L'antre du roi de la montagne*. Et qui donc pouvait être ce roi de la montagne imaginé par Ibsen (1), sinon lui, Olaf Denstrup ?

Le hurlement de Song le tira de sa rêverie. Une vilaine zébrure rouge vif striait le dos maigre de la Vietnamienne qui se débattait dans ses liens en sanglotant.

Olaf jeta un rapide coup d'œil sur l'écran. C'était parfait. Le cœur s'affolait comme il l'avait prévu, dessinant exactement le tracé qu'il avait déterminé auparavant sur le papier.

Il eut un petit rire bref et cligna de l'œil à l'intention de Muriel :

— Vas-y, frappe de plus en plus fort, dit-il. Ne te gêne surtout pas pour elle. De toute façon, elle te le rendra plus tard, alors...

Encouragée, Muriel se mit à cingler sans discontinuer le dos de Song qui hurlait à présent à pleins poumons et gigotait en tous sens comme un animal pris au piège. Ses reins et ses fesses étaient couverts de stries rouges où perlaient quelques gouttes de sang.

(1) Henrik Ibsen (1828-1906) : le plus grand écrivain norvégien, auteur de nombreuses pièces de théâtre, dont *Peer Gynt* pour laquelle son ami Grieg composa une musique de scène.

Olaf prenait de plus en plus de notes, les yeux rivés sur l'écran de contrôle. Les battements de cœur de Song s'accéléraient et devenaient de plus en plus irréguliers. Le zigzag vert s'amplifiait à chaque coup assené en force par Muriel.

Liselotte, les yeux exorbités, le souffle court, continuait de s'empiffrer de confiture de *multe* dont ses doigts et tout le bas de son visage étaient maculés.

A un cri encore plus strident de Song, Olaf leva le bras en direction de Muriel.

— Ça suffit comme ça, tonna-t-il. On reprendra la séance après la sieste. Pour l'instant on va passer à un autre genre d'exercice...

Il se leva et vint se placer juste devant Song dont le visage était couvert de traînées noirâtres. Le rimmel de ses cils emporté par les larmes.

Posément, Olaf fit sauter les trois boutons de son pantalon distendu. Aussitôt, son membre énorme jaillit et oscilla lourdement devant les yeux de la Vietnamienne.

— Tu en as déjà sucé des comme ça ? demanda-t-il d'un ton joyeux. Eh bien, c'est le moment d'y goûter. Et applique-toi, s'il te plaît !

Les poignets toujours entravés par la corde fixée au plafond, Song ouvrit la bouche le plus grand qu'elle put. Aussitôt, Olaf projeta son ventre en avant. Son sexe pénétra entre les lèvres douces d'une bonne moitié de sa longueur. Song eut un haut-le-corps et tenta, par des mouvements désespérés de la tête, d'échapper à cette chose monstrueuse qui l'étouffait à moitié.

Mais Olaf plaqua son énorme main poilue sur sa nuque pour la forcer à le garder en elle. Il se mit à aller et venir sans douceur, se servant de la bouche de Song comme d'un sexe.

Le visage empourpré, Liselotte quitta brusquement son fauteuil et s'approcha par-derrière de Muriel qu'elle dépassait d'une bonne tête. Elle plaqua son corps massif contre elle et lui attrapa les seins à travers le corset qu'elle macula de confiture. Bonne fille, Muriel cambra les reins pour s'offrir davantage à la caresse presque virile de l'infirmière.

— Tu l'as très bien cravachée, souffla Liselotte à l'oreille de Muriel. Tu mérites une récompense. Viens...

Elle l'empoigna par le bras et l'attira vers la table basse, étroite et longue, placée sous l'une des fenêtres.

— Enlève ta culotte et allonge-toi là-dessus, ordonna-t-elle, le souffle court et le feu aux joues. Je vais te bouffer le cul comme jamais on ne te l'a fait !

Muriel ne répondit rien. D'abord parce qu'elle n'était pas là pour discuter ; ensuite parce que ses tendances lesbiennes lui faisaient envisager le programme de Liselotte d'un œil tout à fait favorable. Quoi qu'il en soit, c'était toujours mieux que de se faire étouffer par un sexe d'homme disproportionné comme cette malheureuse Song.

Elle se débarrassa prestement de sa culotte de cuir fendue et s'allongea sur la table, les genoux repliés et écartés au maximum. Liselotte resta un instant immobile, les yeux rivés à la toison rousse qui remontait haut sur le ventre et envahissait le sillon profond de la croupe. Elle passa sa main sur ses seins énormes qui ballottaient sous sa blouse blanche et poussa un gémissement rauque.

D'une main rendue maladroite par le désir, elle empoigna le pot de confiture. Elle y plongea ses doigts. Puis, plaquant sa main sur l'intimité de Muriel, elle la badigeonna de confiture. Celle-ci eut un petit rire chatouillé :

— Qu'est-ce que vous faites ? C'est froid !

— Ne bouge pas, ma belle salope. Quand je me serai occupée de toi, ta petite chatte sera propre comme un sou neuf !

Liselotte s'agenouilla entre les cuisses pleines et enfouit en geignant de volupté ses lèvres minces dans la forêt de poils flamboyants barbouillés de confiture.

Sous les titillations habiles de sa langue, Muriel se mit à haleter, projetant son ventre en avant pour s'offrir davantage au muscle frétillant qui la fouillait. Ses râles de plaisir se mêlaient à ceux d'Olaf qui allait et venait de plus en plus vite dans la bouche distendue de Song.

Ce concert érotique était couvert en partie par les fracas du Philharmonique de Berlin qui se déchaînait sous la baguette de Karajan. La musique s'enflait, se précipitait, montait comme un orgasme.

Muriel poussa un long cri de délivrance quand le plaisir la faucha. Au même moment, Olaf explosa dans la bouche de Song en grognant comme un ours furieux. Sous la violence du plaisir de l'homme, Song rejeta la tête en arrière. Le membre jaillit de ses lèvres et deux jets impétueux de semence maculèrent son visage, se mêlant aux traînées laissées sur ses joues par les larmes.

Quand Muriel se fut apaisée, Liselotte se releva en titubant, le bas du visage barbouillé de confiture. Elle tourna un visage hagard vers son mari qui se rajustait posément.

— Tu détaches celle-là, lui dit-il en désignant Song, prostrée, et tu les reconduis toutes les deux dans leur chambre. On reprendra la séance en fin d'après-midi. Pour l'instant, j'ai du travail.

Au moment où il allait sortir, Muriel se planta devant lui :

— Au fait, où est passée Assomption ? On ne l'a pas vue depuis hier...

Avant qu'Olaf ait ouvert la bouche, Liselotte attrapa Muriel par le bras et la força à pivoter vers elle. Ses yeux lançaient des éclairs métalliques d'une dureté implacable.

— Assomption est repartie, dit-elle d'un ton glacial. Tout comme Adeline, d'ailleurs. Elles ont estimé qu'elles avaient gagné assez d'argent et elles sont rentrées à Paris. Quant à vous deux, rassurez-vous : vous allez toucher une rallonge de dix mille couronnes chacune. Pas mal, non ?

La somme annoncée parvint à arracher un pâle sourire à Song, tandis que Liselotte s'affairait sur ses liens. Elle ne prit pas garde au regard noir que lui lançait l'infirmière.

La bouche de Liselotte se tordit en un mince sourire sans joie. C'est vrai que dix mille couronnes (1) c'était une jolie somme. Seulement,

(1) La couronne norvégienne vaut environ un franc vingt.

pour la toucher, Muriel et Song devraient d'abord survivre aux traitements qui étaient prévus pour elles.

Et ça, c'était tout à fait problématique.

CHAPITRE IV

— Eh bien, Mémé, ça n'a pas l'air d'aller : tu es tout pâle. Des excès hier soir ?

Aimé Brichot grimaça une espèce de sourire en direction de sa flèche (1) qui venait de pénétrer dans le bureau des Affaires recommandées, au deuxième étage du 36 quai des Orfèvres.

— Même pas d'excès, répondit-il en se massant l'estomac. N'empêche que j'ai l'impression d'avoir un litre d'acide chlorhydrique là-dedans !

Boris secoua la tête d'un air navré :

— Tu es quand même en état de me suivre chez Baba (2) ?

Aimé releva la tête :

— Une nouvelle enquête ? Un truc intéressant ? Ça tomberait à pic, figure-toi, parce que moi, je commence à en avoir ma claque des exhibitionnistes à la petite semaine.

(1) Le premier des deux dans une équipe de policiers.

(2) Surnom donné par ses inspecteurs au commissaire divisionnaire Charlie Badolini, le patron de la Brigade Mondaine.

— Moi aussi, vieux frère. Et j'ai peut-être de quoi nous sortir de la routine. On y va ?

Une minute plus tard, il poussait la porte capitonnée du bureau de Charlie Badolini, entièrement meublé Empire, ce qui était la moindre des choses pour un Corse comme le commissaire, aussi fier de ses origines que s'il avait été Napoléon en personne.

« Aïe, aïe, aïe, songea Boris en s'avançant vers le bureau. On ne pouvait pas tomber plus mal... »

Il jeta un coup d'œil en direction d'Aimé qui tortillait la pointe de sa moustache entre le pouce et l'index en roulant des yeux pleins d'appréhension. Lui aussi avait reçu le signal d'alarme.

L'atmosphère qui emplissait la pièce était limpide, parfaitement respirable. Ce qui signifiait que Charlie Badolini, une fois de plus, avait décidé de laisser tomber ses quatre paquets de Celtiques « gros module » quotidiens. En bref, il ne fumait plus et allait donc être d'une humeur parfaitement exécrable.

Pour le moment, le commissaire ne semblait pas s'être aperçu de l'entrée de ses deux inspecteurs, tout occupé qu'il était à détortiller nerveusement un malheureux trombone qui ne lui avait rien fait, sans cesser de mastiquer son énième chewing-gum à la nicotine.

Courageusement, Boris se racla la gorge. Aussitôt, Badolini leva vers eux un regard noir :

— Je vous préviens, je suis débordé, aboya-t-il sans même les inviter à s'asseoir. J'espère pour vous que vous me dérangez pour quelque chose d'important !

Boris poussa un profond soupir en se laissant

tomber dans l'un des deux fauteuils de cuir réservés aux visiteurs. Maintenant qu'il était là, il ne pouvait plus reculer de toute façon.

— Voilà, patron...

Dix minutes plus tard, Aimé et Badolini étaient au courant de tout ce que Henri, le « copain » de Ghislaine, avait raconté à Boris la veille au soir.

Le commissaire se leva d'un bond, taraudé par le manque de tabac, et ouvrit brusquement la fenêtre qui donnait sur le quai. Il inspira une profonde bouffée de l'air parfumé et tiède qui baignait Paris depuis une semaine, pour la grande joie des premiers touristes de la saison.

Mais évidemment, ce n'était jamais que de l'air...

Il se retourna vers ses deux inspecteurs, le visage toujours aussi fermé.

— Sans vouloir vous vexer, Boris, attaqua-t-il d'un ton rogue, je trouve que votre histoire ne vaut pas un coup de cidre...

Ça, Boris le voyait venir depuis le début, gros comme une maison : le démolissage en règle.

— Après tout, poursuivit Badolini en s'attaquant à un nouveau trombone qui traînait sur son sous-main en cuir de Cordoue, ces filles ont accepté une certaine somme d'argent pour satisfaire les lubies d'un scientifique détraqué. Bon, et alors ? La prostitution n'est pas illégale, que je sache ?

Boris se racla la gorge, résistant à l'envie de sortir son paquet de Gallia. Inutile de faire de la provocation bête et méchante.

— OK, patron. Mais cet Olaf Denstrup a vraiment l'air fêlé, capable de tout, si vous voyez ce que je veux dire. Et Henri, le... l'ami de Ghislaine, était très sérieusement inquiet, je vous assure.

Badolini abattit son poing sur son bureau, faisant tinter le lourd cendrier de cristal, désespérément vide :

— Je n'y crois pas un instant, tonna-t-il. Un type de son envergure, de sa valeur, ne devient pas un assassin du jour au lendemain !

Boris eut un geste vague de la main droite qui signifiait à peu près que justement, à la Brigade Mondaine, ils étaient bien placés pour savoir que dans ce domaine, tout était possible. Y compris l'incroyable.

Aimé remonta d'un index machinal ses lunettes de myope sur son nez.

— Et puis, il y a autre chose, patron, risqua-t-il en rougissant légèrement. Vous savez aussi bien que nous que, depuis l'apparition du sida, on a noté une sérieuse recrudescence des pratiques sadomasochistes. Ce serait peut-être dommage de passer à côté d'une filière possible, non ?

Boris jeta un regard reconnaissant à son coéquipier. Depuis des années, c'était ça leur force : dès que l'un coinçait sur quelque chose, l'autre prenait immédiatement le relais.

— Je dois reconnaître que vous n'avez pas entièrement tort, inspecteur Brichot, finit par dire Badolini.

Boris décida de mettre le paquet pour emporter la décision :

— Ecoutez, patron, je vous propose un marché. Vous nous donnez une journée pour retrouver la trace de cet Olaf Denstrup et deux jours en

Norvège pour tout démêler. Si on n'a rien au bout de ce temps-là, on rentre et on ne parle plus de tout ça.

Pour la première fois depuis le début de leur entretien, le visage de Badolini s'éclaira d'un sourire. Cet esprit de décision, cette intelligence qui démarrait au quart de tour, c'était ça qu'il aimait le plus chez Boris, ce fils qu'il avait toujours rêvé d'avoir et que, malheureusement, sa chère Suzanne n'vait pas pu lui donner.

— Bon, d'accord, dit-il en envoyant d'une pichenette son trombone démantibulé dans la corbeille à papiers. Vous avez carte blanche, je téléphone au juge d'instruction pour qu'il vous délivre une commission rogatoire et je m'occupe de votre ordre de mission. Mais allez-y mollo quand même. Après tout, cette histoire est sans doute complètement bidon et je ne pense pas qu'un type de l'envergure de Denstrup se laisse emmerder pour rien sans faire de grosses vagues !

Boris se leva en souplesse, imité par Aimé :

— Promis, patron : on va faire dans la dentelle !

Il avait déjà la main sur la poignée de la porte quand Badolini le héla d'une voix embarrassée.

— Oui, patron ?

— Dites-moi, Boris, juste un petit service : il ne vous resterait pas, par hasard, deux ou trois de ces cigarettes sans aucun goût que vous fumez d'habitude ?

⁂

Olaf Denstrup regarda sa femme gravir l'escalier qui conduisait au premier étage derrière Song et Muriel. Dès qu'il fut seul, il ouvrit la porte située à droite de la cuisine entièrement aménagée. Elle donnait sur l'escalier conduisant au sous-sol. Il le descendit d'un pas étonnamment vif pour un homme de son âge et de sa corpulence. Il longea le laboratoire et le sauna avant de pousser la porte de la chaufferie.

C'était une pièce sombre tout en longueur. Deux chemises d'hommes et une combinaison de soie séchaient au-dessus de l'énorme poêle qui dégageait une forte odeur de bois fraîchement brûlé. Olaf farfouilla en grommelant tout seul dans un coffre de bois et en sortit un tensiomètre et un thermomètre qu'il enfouit dans les deux grandes poches extérieures de sa vareuse kaki.

Enfin il poussa la porte du dehors et cligna des yeux, ébloui par la lumière blanche du soleil qui scintillait sur l'eau verte du fjord.

Il était deux heures de l'après-midi, mais cela ne changeait strictement rien à la luminosité ambiante. Narvik était situé à deux cents kilomètres au nord du cercle polaire. Ce qui signifiait qu'à onze heures du soir le soleil brillerait avec presque autant d'intensité que maintenant. Et qu'à minuit, sans même avoir disparu derrière l'horizon, il reprendrait sa course dans le ciel.

Olaf sursauta quand deux masses sombres foncèrent sur lui. Puis, il éclata d'un rire énorme. Ce n'étaient que Dag et Stig, ses deux dogues allemands mâles, tout joyeux que leur maître sorte enfin.

Escorté par les deux molosses jappant de bonheur, Olaf marcha jusqu'au petit embarcadère où était amarré son bateau et observa un long moment les mouettes qui tournoyaient en criant dans le ciel uniformément bleu.

L'une d'elles piqua brusquement vers les eaux calmes. Il y eut une brève gerbe d'eau et elle remonta aussitôt dans le ciel, un éclair d'argent au bec : le poisson qu'elle avait repéré depuis les hauteurs et sur lequel elle avait fondu sans lui laisser la moindre chance de salut.

Toujours escorté des deux chiens, Olaf s'éloigna à regret de la berge où des centaines de grosses marguerites avaient écloses toutes en même temps, la semaine précédente, en l'espace de quelques heures.

Il escalada un énorme rocher qui ressemblait à un gros chou-fleur éventré et disparut derrière. Bien qu'il connaisse parfaitement les lieux, il ne put retenir un mouvement de surprise. Ici, dans cette gorge étroite creusée dans l'à pic de la falaise, totalement invisible depuis le fjord, le soleil ne pénétrait quasiment jamais.

En l'espace de quelques dizaines de mètres, Olaf était passé de l'exubérance parfumée du printemps à la rigueur d'un hiver éternel. Cette minuscule vallée pentue, enserrée dans les murailles, était encore enfouie sous une épaisse couche de neige qui ne fondait que dans les derniers jours de juillet. Et encore, pas toujours complètement. Un microclimat ignoré de tous qui servait merveilleusement les desseins d'Olaf.

Dag et Stig se roulaient dans la neige, ivres de bonheur, la langue pendante hors de leur énorme gueule aux crocs acérés comme des poignards.

Sans leur prêter aucune attention, Olaf se

dirigea vers un enclos carré adossé à la falaise. Il s'agissait plutôt d'une grosse cage d'environ cinq mètres de côté, hâtivement bâtie en tôle ondulée et munie d'un toit assez peu incliné. Entre la partie basse de ce toit et le rebord supérieur du mur avait été ménagé un vide d'une dizaine de centimètres de large.

Olaf poussa la porte de tôle qui crissa sur la neige dure et pénétra dans la cabane. En son centre se trouvait un gros tas de neige fraîche.

Le détail insolite, c'était la tête de femme bâillonnée qui en émergeait.

Une tête de femme noire, pour être exact, aux cheveux crépus coupés très court. Elle ne devait pas avoir beaucoup plus de vingt ans, mais il était difficile de lui donner un âge précis. A cause du froid intense dans lequel elle était enveloppée qui déformait ses traits et lui donnait un vilain teint grisâtre.

En voyant entrer son bourreau, elle lui adressa un long regard suppliant. Mais ses yeux s'agrandirent de terreur quand elle vit surgir les deux dogues dans sa minuscule prison. Dag et Stig émirent un grognement sourd et retroussèrent leurs babines sur leurs formidables crocs.

— Allez, couchés ! ordonna Olaf d'un ton sans réplique.

Domptés, les deux fauves sortirent de la cabane et allèrent s'étendre dans la neige, le museau entre les pattes. Olaf se retourna vers sa victime et lui offrit un éclatant sourire :

— Alors, Assomption, comme ça va ce matin ? Frisquet, n'est-ce pas ? Bon, assez plaisanté, c'est l'heure de la petite visite. Voyons un peu ça...

Le géant roux se saisit d'une pelle, appuyée à gauche de la porte d'entrée, et entreprit de déblayer la neige. A chaque puissante pelletée, un peu du corps de la jeune Martiniquaise apparaissait. Ce furent d'abord ses épaules et ses seins lourds, aux larges aréoles violettes ; puis son ventre plat orné, tout en bas, d'un buisson de poils noirs aussi frisés que ses cheveux ; enfin ses longues jambes de gazelle noire.

Mais partout, sa peau avait la même couleur grisâtre, marbrée de plaques plus foncées.

Elle était attachée en croix sur le dos, retenue à quatre anneaux de fer par les poignets et les chevilles.

Sans dire un mot, avec des gestes sûrs de professionnel, Olaf sortit le tensiomètre de sa poche et le passa autour du bras gauche d'Assomption. Il nota dans son cahier noir les deux chiffres indiqués par l'aiguille du cadran.

— 9-6, grommela-t-il, pas fameux, ma fille. Voyons la température...

Il lui coinça le thermomètre sous le bras et attendit une bonne minute avant de le retirer. La fille ne cessait de trembler convulsivement et de rouler de gros yeux pleins de terreur.

— Merde, merde et remerde !

Olaf se releva d'un bond, le visage déformé par la colère :

— Tu es dans cette foutue neige depuis vingt-quatre heures et ta température n'est descendue qu'à 36°. Ce n'est pas assez, il faut absolument atteindre 34. Et vite ! Bon, en attendant, je vais te nourrir un peu.

Il surprit le regard plein d'espoir d'Assomption et éclata de rire :

— Oh, n'espère pas un festin digne du Vallhall (1) ! Ce que j'ai à te proposer est beaucoup moins réjouissant...

Il lui brandit un gros flacon aux deux tiers plein d'un liquide incolore, duquel partait un tuyau en caoutchouc transparent :

— Du glucose en solution, expliqua-t-il, du même ton calme qu'il employait jadis avec ses élèves des universités. Juste de quoi ne pas mourir de faim.

Avec des gestes précis, il la piqua à la saignée du bras et fixa l'aiguille dans le tuyau de caoutchouc. Puis, il accrocha la bouteille en haut d'un bout de bois fiché dans le sol, de façon à ce que le liquide puisse s'écouler.

Il contempla un long moment le visage terrorisé, barbouillé de larmes, de sa victime.

— Evidemment, murmura-t-il d'une voix presque trop douce, pour une fille des Tropiques comme toi, ce n'est pas idéal comme traitement. Mais c'est justement pour ça que je t'ai choisie : ma victoire finale n'en sera que plus éclatante.

Tout en parlant, il avait posé sa main gauche sur les seins durs comme du marbre de sa victime et les caressait doucement, agaçant les pointes de ses ongles un peu trop longs. Son autre main descendit le long du ventre satiné et il enfouit deux doigts dans l'intimité frisée.

Assomption reprit brusquement espoir. Si elle

(1) L'endroit mythique où séjournent les dieux. L'équivalent scandinave du Walhalla germanique.

excitait cet homme, peut-être allait-il s'adoucir, se laisser fléchir et la tirer de là. Elle tendit le ventre en avant pour lui faire comprendre qu'elle était prête à le satisfaire de la manière qui lui plairait.

Mais Olaf se redressa d'un coup et la toisa de toute sa hauteur :

— Je sais bien que tu préférerais te faire baiser plutôt que de te geler le cul dans la neige. Seulement, tu vois, moi, je suis comme ça : j'ai horreur des filles froides !

Ravi de sa boutade macabre, il éclata d'un rire tonitruant et sortit, après l'avoir de nouveau recouverte de neige à grands coups de pelle.

Restée seule, Assomption retomba dans le désespoir. Déjà, elle ne sentait plus ses jambes. Elle ne souffrait pas, c'était encore pire : comme si tout son corps se détachait d'elle par morceaux entiers, comme si elle mourait par lambeaux.

Et soudain, une certitude terrible prit possession de son cerveau à moitié engourdi par le froid : ce tas de neige qui lui enserrait la poitrine et bloquait sa respiration allait être son tombeau.

CHAPITRE V

— Ça, c'est vraiment un coup de bol, dis donc !

Boris sourit de l'exclamation d'Aimé. Mais en fait, il avait raison : trouver une place de stationnement dans cette partie du XVe arrondissement, ça relevait de l'exploit. Il fallait vraiment que son ange gardien se soit allié à celui d'Aimé pour qu'une Lancia Thema déboîte jute devant sa R 19 de service, au coin de l'avenue Jean-Moulin et de la rue d'Alésia.

Boris effectua un créneau impeccable, poursuivi par les coups d'avertisseur impatients du jeune minet décoloré qui les talonnait au volant de sa Golf GTI rouge vif.

— Il commence à m'énerver celui-là ! grogna Aimé. Attends, je vais lui dire ma façon de penser.

Il sortit de la voiture, vérifia machinalement le pli de son pantalon prince-de-galles, acheté la semaine précédente en soldes chez Old England, et se planta au milieu de l'étroite rue d'Alésia, sous l'œil curieux de l'épicier maghrébin qui rangeait des poivrons rouges et verts sur son étal.

Le minet passa la tête par sa vitre ouverte :

— Alors, papa, on se pousse ou on dort ici ?

Aimé s'avança jusqu'à lui, l'œil furibard :

— On ne vous a jamais appris, quand vous passiez votre permis de conduire, qu'il était interdit de klaxonner en ville ?

— De quoi je me mêle ?

Aimé lui brandit sa plaque sous le nez :

— De ce qui me regarde, justement !

L'autre eut un petit sourire suffisant :

— Je tiens à vous dire que votre insigne ne m'impressionne pas. Mon père a beaucoup d'amis dans la police...

Le visage d'Aimé s'empourpra violemment.

— Eh bien, mon petit gars, ces belles amitiés risquent de ne pas franchir la barre des générations si tu continues comme ça. Allez, maintenant déguerpis, je t'ai assez vu !

Pour donner plus de poids à son ordre, Aimé lui balança une pichenette juste sur le bout du nez. Douloureux et humiliant. Le minet, piqué au vif, enclencha la première vitesse et démarra en faisant rugir les chevaux.

Aimé revint vers Boris qui l'attendait au bord du trottoir, hilare.

— Eh bien, Mémé, ça te réussit, on dirait, les maux d'estomac !

— Horreur de ce genre de petit con qui se croit tout permis parce que papa a été capable d'amasser un gros tas de fric !

— Bon, calme-toi, on a des choses plus importantes à faire...

Ils marchèrent une vingtaine de mètres, jusqu'à la boutique d'un fleuriste d'où s'échappaient les senteurs lourdes et mêlées des fleurs de printemps.

C'était là, dans cet immeuble de briques sinistre, aussi anodin que des milliers d'autres, qu'officiait madame Martine, l'une des plus efficaces dresseuses de filles de Paris, à laquelle Boris et Aimé avaient déjà eu affaire lors d'une enquête précédente (1).

Depuis, ils lui laissaient volontairement poursuivre ses activités, à condition qu'elle se montre coopérative avec la Brigade Mondaine. Donnant, donnant. Et à condition aussi qu'elle sache se maintenir dans les limites de l'admissible.

Boris grimpa les quatre étages sans ascenseur d'un pas alerte et s'arrêta pour attendre Aimé. C'était son idée, ça, d'aller rendre une petite visite à madame Martine. Si les filles envoyées en Norvège par Henri étaient des prostituées spécialisées dans le sadomasochisme, il y avait de bonnes chances pour qu'elles soient passées entre les mains expertes de cette dresseuse d'un genre un peu spécial.

Aimé parvint en soufflant sur le palier du quatrième. Il sortit de la poche de son pantalon un grand mouchoir à carreaux avec lequel il entreprit de s'éponger.

— Bon, on y va ? demanda-t-il après l'avoir remis dans sa poche.

Il avançait le doigt vers le bouton de sonnette quand la porte s'ouvrit brusquement, le faisant sursauter. Boris et lui se trouvèrent nez à nez avec une fille blonde qui ne devait pas avoir plus de

(1) Voir Brigade Mondaine n° 92 : *La Grande Bourgeoise.*

vingt ans. Ses cheveux dépeignés masquaient à demi son visage au teint très pâle. Ses yeux étaient cernés et rougis, comme si elle avait beaucoup pleuré. Elle ne leur accorda pas un regard et descendit l'escalier à pas très lents.

Avant que la porte ne se referme complètement, Boris engagea son pied dans l'ouverture. Puis, d'une poussée puissante, il la rouvrit toute grande.

— Alors, madame Martine, on ne veut plus recevoir ses vieux amis ?

La femme ronde, d'une soixantaine d'années, qui leur faisait face, poussa un profond soupir et réussit à s'extirper un pâle sourire.

— Mais si, voyons ! Donnez-vous la peine d'entrer...

Elle les précéda jusqu'au fond du couloir sombre et triste et s'effaça pour les laisser pénétrer dans le salon. C'était une grande pièce meublée rococo, avec de lourds rideaux à fleurs et des plantes dans des pots. Aux murs, deux tableaux représentant des scènes classiques de biches à l'étang dans un crépuscule criard. Un intérieur de vieille dame paisible, en somme. Pas du tout le genre « musée des horreurs », tel que l'on imagine un centre de dressage sadomasochiste.

Madame Martine se laissa tomber dans un fauteuil crapaud tendu de velours cramoisi et désigna le canapé qui lui faisait face. Mais ni Boris ni Aimé ne daignèrent s'asseoir.

— La fille qui sort d'ici, attaqua Boris d'une voix dure, tu lui as fait subir quoi, on peut savoir ?

Madame Martine baissa les yeux vers le parquet impeccablement ciré :

— Si peu de choses... murmura-t-elle.

— Ne nous prends pas pour des billes, s'il te plaît ! gronda Boris. Tu sais ce qu'on pense du sadomasochisme, nous autres, à la Brigade Mondaine ? Si tu exagères dans ton petit commerce, on a les moyens de te faire avoir de très gros ennuis, tu es au courant, n'est-ce pas ?

Madame Martine releva la tête et eut un faible sourire :

— Je suppose que vous n'êtes pas venus jusqu'ici uniquement pour me faire la morale ?

Boris se décida enfin à s'asseoir sur le canapé dont les accoudoirs de velours s'élimaient lamentablement. Il sortit quatre photos de la poche intérieure de son blouson et les tendit à la dresseuse :

— Regarde bien ces quatre filles, articula-t-il. Je suis à peu près sûr qu'elles sont passées chez toi. Je me trompe ?

Madame Martine jeta un coup d'œil sur les clichés et les rendis à Boris avec un air méfiant :

— Pourquoi vous me demandez ça ?

Aimé eut un petit sourire froid :

— Parce que ça nous intéresse. Uniquement parce que ça nous intéresse !

Madame Martine soupira et eut un geste vague de la main. A son annulaire brillait un faux diamant gros comme un bouchon de carafe.

— Je suppose que je n'ai pas le choix, murmura-t-elle.

— Bien deviné ! s'exclama Boris. Alors ?

— Je connais ces deux-là, finit-elle par dire en désignant Song, la Vietnamienne, et Adeline Foquer.

Boris réprima un mouvement de satisfaction et sortit son paquet de Gallia de sa poche extérieure.

— Pour le compte de qui les as-tu dressées ? demanda-t-il en faisant claquer le capot de son briquet zippo en argent massif, un cadeau rapporté de New York par Ghislaine.

Madame Martine eut un violent haut-le-corps et dévisagea les deux policiers d'un air outragé :

— Ça, je ne peux absolument pas vous le dire. C'est ma crédibilité qui est en jeu et vous ne...

Elle s'interrompit brusquement quand Aimé l'empoigna par le bras et la força à se lever de son fauteuil.

— Je crois que nous nous sommes mal compris, siffla-t-il. Si tu ne craches pas le morceau à la seconde, tu n'auras plus de soucis à te faire pour ta crédibilité dans la mesure où on ferme illico ta boutique. Je suis assez clair ?

Aimé la poussa dans son fauteuil où elle s'écroula de tout son poids.

— OK, vous êtes les plus forts. Il s'appelle Carlos Ruiz. C'est un Espagnol de Barcelone. C'est lui le mac de la fille brune, mais pas de la Viet...

Boris fronça le sourcil :

— Jamais entendu parler de cet oiseau-là.

Madame Martine eut un haussement d'épaules :

— Pas étonnant : il est en France depuis assez peu de temps et ce n'est pas vraiment une grosse pointure.

— On peut le trouver où, ton client ? demanda Aimé.

— Avenue Jean-Jaurès, dans le XIXe.

Boris se leva en souplesse, après avoir écrasé

son mégot dans un cendrier publicitaire Marlboro :

— Eh bien, c'est parfait, on ne va pas te déranger plus longtemps.

Il se dirigeait vers le couloir, escorté d'Aimé, quand madame Martine s'accrocha à son bras, le forçant à s'arrêter :

— Et s'il débarque chez moi pour me faire la peau parce que je l'ai balancé, geignit-elle, qu'est-ce que je vais faire, moi ?

Les dents de Boris se découvrirent en un sourire carnassier :

— Rassure-toi, il ne saura pas que le tuyau vient d'ici. On lui dira simplement qu'on fait un contrôle de routine de toutes les filles qui travaillent dans le sadomaso. Ça te va comme ça ?

Arrivé en bas de l'escalier, Aimé consulta sa montre-bracelet et se tourna vers Boris :

— Midi et demi : c'est l'heure idéale pour aller tirer un maquereau espagnol de son lit, non ?

CHAPITRE VI

— Oh oui, ta langue, maintenant ! Je n'en peux plus...

Muriel, obéissant à l'injonction pressante de Song, rampa sur le lit pour venir placer sa bouche avide entre les cuisses écartelées de la Vietnamienne. Elle admira en connaisseuse la fine bande de poils noirs comme du jais, soigneusement épilée, qui remontait jusqu'au nombril à peine dessiné, le long du ventre plat et satiné.

Vibrante de désir, Song croisa ses mains aux doigts fins et nerveux sur la nuque flamboyante de Muriel et plaqua son visage contre son intimité frémissante.

Docile, Muriel se laissa griser par le parfum subtil et entêtant qui s'échappait des tendres replis masqués par la toison. Elle posa ses lèvres sur celles, brûlantes, du ventre qui s'offrait à elle, et plongea sa langue dans les moiteurs veloutées de sa compagne de chambre.

Dès que Liselotte les avait enfermées dans la pièce où elles dormaient ensemble depuis des semaines maintenant, Song et Muriel s'étaient laissées tomber sur leur lit respectif. Epuisées par ce qu'elles venaient de subir.

Song commençait à somnoler quand elle avait senti le corps généreux de Muriel se coller contre elle. Elle avait d'abord essayé de la repousser timidement. Mais Muriel avait fait preuve d'une habileté consommée en caressant ses seins à peine formés, faisant saillir leur pointe brune.

Vaincue, Song s'était abandonnée. Et maintenant, haletante, c'est elle qui implorait sa compagne de la fouiller encore plus fort, plus profond.

Elle poussa un petit cri de frustration quand les lèvres de Muriel abandonnèrent son ventre. Heureusement, ça ne dura que quelques fractions de secondes. Juste le temps pour Muriel de se placer tête-bêche sur Song et de lui offrir la vision affolante de son intimité luxuriante qui exhalait un parfum lourd, capiteux.

Le désir de Song monta de plusieurs crans à la fois. Elle enlaça les reins de Muriel, les yeux rivés à son ventre écartelé. Elle souleva un peu la tête pour que ses lèvres aux commissures légèrement tombantes viennent se perdre dans la forêt rousse, humide de plaisir en attente. Tandis qu'elle dardait une langue timide dans les tendres replis, elle sentit la bouche de Muriel reprendre possession de son ventre.

Sous les caresses du muscle chaud et agile qui s'enroulait comme un serpent autour de son clitoris dardé comme un petit pénis, Song sentit le plaisir monter de ses reins comme une marée irrésistible. Elle se cambra pour s'ouvrir davantage et accentua la pression de sa bouche sur la fleur épanouie qui s'écartelait au-dessus de son visage empourpré.

L'orgasme les faucha pratiquement en même temps. Song, d'abord, qui poussa une série de petits cris aigus ; puis Muriel qui la rejoignit très vite avec des halètements rauques.

Enfin, après de longues minutes de prostration, le corps couvert de fines gouttelettes de sueur, Muriel roula sur le dos et enlaça tendrement sa compagne qui blottit sa tête au creux de l'épaule parsemée de taches de rousseur.

— Depuis le premier jour, j'ai envie de toi, murmura Muriel à l'oreille finement ourlée de Song. J'ai bien cru que ça ne se ferait jamais, nous deux. Ça aurait été dommage, non ?

Reprise par sa timidité naturelle, Song préféra ne pas répondre. Elle déposa juste un petit baiser sur la peau laiteuse en guise d'acquiescement.

Muriel se souleva légèrement et attrapa son paquet de Peter Stuyvesant mentholées qui traînait sur la table de chevet en pin massif qui séparait leurs deux lits à une place.

— N'empêche, dit-elle en soufflant un rond de fumée vers la fenêtre grande ouverte, on est tombées dans une drôle de maison, tu ne trouves pas ? Si on m'avait dit ça il y a seulement cinq ans…

Song prit appui sur son coude gauche et plongea son regard noir dans les yeux verts de Muriel :

— Tu étais où, il y a cinq ans ?

Muriel laissa son regard errer dans la chambre. Une brise tiède parvenait du dehors, apportant une odeur d'herbe fraîchement coupée et les piaillements furieux des moineaux à qui les mouettes disputaient leur pitance.

— Dans un autre monde, on peut le dire, finit-elle par répondre d'une voix un peu ironique. J'étais secrétaire dans une boîte d'intérim minable à Dijon. C'est en Bourgogne, tu connais ? Non seulement j'étais payée des clopinettes, mais en plus le patron me sautait gratuitement dès que l'envie lui en prenait. Et elle lui prenait souvent, tu peux me croire !

Elle s'interrompit pour écouter le ronronnement régulier du ferry qui, six fois par jour, traversait le Rombaksfjord pour transporter les riverains de Narvik à Bjerkvik et retour.

— Il y en a qui ont de la chance de se balader, soupira-t-elle. S'ils pouvaient se douter de ce qu'on subit à quelques mètres d'eux !

Elle chassa un nuage de fumée d'un revers de main :

— Qu'est-ce que je te disais déjà ? Ah oui, mon patron, ce gros dégueulasse... Le pire c'est que j'y serais peut-être encore si je n'avais pas rencontré Hafid.

Song lui adressa un demi-sourire :

— Hafid ?

— Mon homme, répondit Muriel sombrement. Un Marocain beau comme un dieu que j'ai rencontré lors d'un week-end à Paris avec une copine. C'est lui qui m'a fait comprendre que tant qu'à faire que de coucher avec un type qui ne me plaisait pas, autant que ça rapporte le paquet. J'ai vachement hésité, et finalement j'ai accepté de tapiner pour lui.

Song alluma une cigarette à son tour et rejeta la fumée sans l'inhaler.

— Et tu es passée au sadomaso tout de suite ?

— Non, bien sûr. Il fallait d'abord que j'apprenne les rudiments du métier, pas vrai ? Au bout d'un an, Hafid m'a confiée à un copain à lui qui m'a dressée.

— Ça n'a pas été trop dur ? s'enquit Song.

Muriel resta un instant songeuse. Un sourire rêveur se dessina sur ses lèvres charnues.

— Tu ne me croiras peut-être pas, dit-elle enfin, mais je t'assure que j'y ai pris goût. Pas toi ?

Song eut une moue dubitative et tira une longue bouffée de sa cigarette.

— Pas vraiment, admit-elle. Mais mon cas est tout à fait différent du tien, c'est le moins qu'on puisse dire.

Muriel écrasa son mégot dans le cendrier de bois verni et déposa un léger baiser sur le front de Song :

— Raconte...

La Vietnamienne se rejeta sur le dos et fixa le plafond d'un blanc immaculé.

— Ce n'est pas une histoire drôle, commença-t-elle. Mes parents étaient des Chinois installés au Viêt-nam. Quand les communistes sont arrivés, ils ont cru qu'ils étaient assez riches et puissants pour traiter d'égal à égal avec eux.

— Et alors ?

— Alors, ça a tenu presque dix ans. Jusqu'au jour où ils ont été massacrés tous les deux, une nuit, par des miliciens complètement saouls.

— Et toi ?

Song hésita un peu avant de poursuivre :

— Moi, en entendant des cris et du bruit, j'étais descendue me cacher à la cave, comme mon père me l'avait appris, en cas de danger. Par le soupirail, j'ai vu un des miliciens lui tirer une balle dans la tête à bout portant. Quant à ma mère...

Song étouffa un sanglot et enfouit sa tête dans le cou de Muriel qui lui caressa doucement les cheveux.

— Ne raconte plus, murmura-t-elle avec tendresse, si ça te fait si mal...

— Si, si, sanglota Song, il faut : ça me soulage d'en parler...

Elle renifla un grand coup et reprit d'une voix plus ferme :

— Ils étaient une quinzaine. Ils ont tous violé ma mère les uns derrière les autres en rigolant. Pas une seule fois elle n'a crié. A la fin, celui qui paraissait être le chef a tiré de sa ceinture un poignard de commando et il a éventré ma mère du sexe jusqu'à la gorge. J'avais tout juste quinze ans.

— Mon Dieu, c'est horrible ! souffla Muriel. Mais après, comment as-tu fait pour t'en sortir ?

— J'ai attendu la nuit pour fuir. Sur le port, j'ai réussi à trouver un marin qui accepte de me faire monter en douce sur son cargo en partance pour Le Havre. Evidemment, tu t'en doutes, j'ai dû payer mon voyage. Comme je n'avais pas un sou, tout l'équipage m'est passé dessus pendant des semaines. Arrivée en France, comme je n'avais pas de papiers, le patron m'a littéralement vendue à monsieur Wuong, un riche Chinois du XIIIe arrondissement. Et c'est comme ça que je me suis retrouvée pute dans un bordel clandestin pour Chinois de l'avenue d'Ivry. Je faisais de l'abattage, quoi.

Muriel la serra très fort contre elle, émue jusqu'aux larmes.

— Ma chérie, ma pauvre chérie, dit-elle d'une voix entrecoupée, je te promets que je vais m'occuper de toi. Je ne te laisserai pas aux mains de ces brutes, tu verras...

Song eut un sourire d'une infinie tristesse.

— On voit que tu ne connais pas les triades (1), dit-elle d'un ton fataliste : ils ne me laisseront jamais en paix. Je suis condamnée à leur obéir jusqu'à la fin de mes jours. C'est Wuong qui a décidé que je rapporterais plus d'argent dans le SM. Et je n'ai rien eu à dire. Il m'a confiée à madame Martine...

— J'en ai entendu parler, intervint Muriel.

— Elle m'en a fait voir de toutes les couleurs, reprit Song. Plusieurs fois, j'ai eu envie de fuir, et finalement j'ai tout subi sans protester.

Muriel roula sur le dos, les yeux embués de larmes. Soudain, son petit boulot de secrétaire bourguignonne lui apparaissait comme un petit coin de paradis terrestre. Sans trop y croire quand même, elle se jura de tout envoyer promener, de laisser tomber la prostitution, une fois rentrée à Paris.

Mais quand donc allait-on la laisser rentrer à Paris ?

*
**

(1) Les triades sont l'équivalent chinois de la maffia.

— Comment ça : encore en baisse, ce matin ? Mais c'est une catastrophe !

Olaf frappa si durement son bureau du poing que la bouteille d'encre noire sauta littéralement en l'air et alla retomber sur le tapis de laine vert sombre.

Malgré la relative douceur de ce mois de juin, la fraîcheur régnait dans le grand bureau du maître de maison, exposée au nord, face à la muraille qui emprisonnait le fjord. C'était la plus grande pièce de la maison, de forme rectangulaire, meublée en tout et pour tout du vaste bureau de chêne massif qui mettait une note de couleur sombre entre les quatre murs de pin blanc.

De toute façon, on ne les voyait presque plus, les murs. L'un d'eux, à gauche de la porte, était recouvert par tous les diplômes du professeur Denstrup, depuis ses titres universitaires jusqu'aux distinctions *honoris causa* des plus grandes facultés de médecine du monde : Paris, Los Angeles, Londres, Genève, New Delhi, Tokyo, etc.

Les autres murs disparaissaient derrière les rayonnages croulant sous les livres. Les principaux traités de médecine parus à ce jour, bien sûr, principalement en anglais et en français. Au milieu de ces livres d'éducation courantes, quelques raretés, dont un traité d'acupuncture chinoise datant du XVIe siècle.

Sur une étagère à part étaient rangées les œuvres complètes du professeur Denstrup, toutes consacrées à la douleur, ses causes, ses remèdes.

Et puis, il y avait la « face d'ombre » d'Olaf Denstrup. Dans une armoire de bois plein située derrière son bureau et soigneusement fermée à clé se trouvait son « enfer » (1) : tous les grands chefs-d'œuvre de la littérature érotique, depuis *Ma vie secrète,* un anonyme anglais du XIXe siècle, jusqu'à *Emmanuelle* et *Histoire d'O,* en passant par les *Mémoires de Fanny Hill* de John Cleland, *Le Jardin des Supplices* d'Octave Mirbeau, *Les onze mille verges* de Guillaume Apollinaire, sans oublier les œuvres complètes du marquis de Sade dans une édition clandestine du XIXe siècle.

Olaf ouvrit un coffret d'acajou posé sur son bureau et en sortit un cigare Davidoff n° 2 qu'il se mit à machouiller nerveusement. Cette conversation avec le directeur de sa conserverie de morues lui tapait sur les nerfs. Cela faisait une semaine maintenant que le cours de la morue baissait régulièrement, sans cause apparente. Et, ce qui était plus grave, sans que rien ne laisse prévoir un sursaut salutaire.

— Mais enfin, reprit-il en criant de plus en plus fort dans le combiné, vous vous rendez compte que je vais me retrouver sur la paille avec vos conneries ?

A l'autre bout du fil, son fondé de pouvoirs s'abstint prudemment de lui faire remarquer que ses revenus mensuels étaient encore de deux cent soixante mille couronnes, ce qui était fort loin du seuil de pauvreté.

Olaf écoutait les explications de son correspondant avec une impatience grandissante. Sans

(1) C'est ainsi que l'on appelle la partie de la Bibliothèque Nationale où sont gardés les livres « à ne pas mettre entre toutes les mains » !

même se rendre compte qu'il était en train de massacrer son cigare.

— Comment ça, les Japonais se font tirer l'oreille ? rugit-il. Mais c'est votre problème, mon vieux ! Si je vous ai embauché vous, précisément, c'est pour que vous me décrochiez d'importants marchés avec vos foutus compatriotes. Je vous préviens que si vous n'obtenez pas des résultats probants d'ici deux semaines, vous n'aurez plus qu'à aller vendre du poisson cru dans les rues d'Aker Brygge (1) !

Olaf, tremblant de fureur, raccrocha sans même dire au revoir. Il contempla son cigare déchiqueté d'une moue dégoûtée et le jeta dans la corbeille à ses pieds. Il en sortit un autre, le roula entre le pouce et l'index près de son oreille pour en apprécier la texture parfaite, le huma longuement avant de l'allumer à la flamme jaune et bleue d'une gigantesque allumette en bois naturel.

Il tira deux profondes bouffées, mais se leva d'un bond, l'air contrarié. Même ses cigares préférés ne parvenaient pas à le calmer. Il lui fallait quelque chose de plus corsé. Il décrocha le téléphone intérieur et composa le 32. Liselotte décrocha à la première sonnerie.

— Envoie-moi les deux filles, ordonna-t-il d'un ton sec. Non, je n'ai pas besoin de toi pour l'instant...

Il reposa violemment le combiné sur sa fourche.

Une minute plus tard, ses yeux s'agrandirent de

(1) Quartier très animé d'Oslo où sont concentrés la plupart des restaurants étrangers de la ville.

surprise en voyant Liselotte entrer dans son bureau.

— Qu'est-ce que tu fais ici ? grommela-t-il. Je croyais t'avoir dit que je voulais voir les deux filles...

Liselotte s'avança jusqu'au milieu de la pièce sans répondre. Un mince sourire se dessinait sur ses lèvres presque incolores. Ses yeux, d'une fixité absolue, lançaient des éclairs froids.

Sa blouse blanche était déboutonnée assez haut et, à chaque pas qu'elle faisait, l'une de ses énormes cuisses apparaissait par l'entrebâillement.

Posément, elle contourna le bureau. Empoignant le dossier du fauteuil de cuir muni de roulettes d'Olaf, elle le fit pivoter sans douceur, de façon à ce que son mari lui fît face.

Lentement, sans le quitter des yeux, elle entreprit de défaire un à un les boutons de sa blouse encore accrochés.

Olaf semblait comme tétanisé, les yeux rivés sur les doigts de sa femme. Lorsque la masse imposante et molle de ses seins apparut, il poussa un gémissement rauque et ferma les yeux. Tout son corps était maintenant en proie à des tremblements qu'il ne songeait même pas à réprimer.

Liselotte eut un petit rire sec et écarta les jambes pour placer ses pieds de part et d'autre des genoux de son mari. Elle lui prit la tête et, avec des gestes d'une douceur surprenante chez une femme aussi massive, l'attira contre sa poitrine. Le visage d'Olaf disparut presque entièrement entre les globes laiteux. Aussitôt, il se laissa complètement aller et noua ses bras puissants derrière les hanches larges de Liselotte.

— J'ai compris au son de ta voix que tu étais

très contrarié, murmura-t-elle de la voix que l'on prend pour consoler un enfant. Et je sais bien ce qu'il te faut dans ces cas-là. Ce n'est sûrement pas ces deux idiotes que tu me réclamais il y a une minute !

Tout en parlant, elle caressait doucement les cheveux roux d'Olaf, juste à la naissance de sa calvitie.

— Il n'y a que moi qui sache guérir mon gros bébé, reprit-elle d'une voix de plus en plus insinuante. Laisse-toi aller, maman va s'occuper de toi...

Elle se recula d'un pas pour enlever complètement sa blouse. Olaf la fixait sans paraître la voir, ses yeux délavés embués de grosses larmes qui roulaient sur ses joues. Liselotte s'agenouilla entre ses cuisses musculeuses et posa ses mains sur son pantalon gonflé :

— Attends, maman va t'aider à te mettre à l'aise...

Prestement, elle défit les trois boutons de la braguette et plongea la main dans l'ouverture. Elle poussa un petit soupir en ramenant à l'air libre le sexe énorme d'Olaf, bandé comme un arc. Elle se redressa d'un bond et lui lança un regard noir :

— Qu'est-ce que c'est que ça, espèce de petit malpropre ? gronda-t-elle en désignant le membre tendu qui fouettait l'air spasmodiquement.

Olaf prit une profonde inspiration d'air iodé apporté par le vent qui s'engouffrait entre les parois du fjord en hululant sourdement. Un instant, il crut que, cette fois, il allait trouver la force de se lever et de quitter la pièce sans se retourner.

Déjà les muscles de ses bras et de ses jambes se tendaient pour l'aider à jaillir de son fauteuil.

Mais il se ramollit brusquement avec un bref sanglot de gorge. C'était impossible. Jamais il ne parviendrait à échapper à la volonté de cette diablesse qui avait réussi à le mater complètement, le jour où elle l'avait quasiment violé dans sa petite chambre d'élève-infirmière. Ce jour-là, lui, le jeune et brillant professeur de médecine, avait découvert la volupté dans les bras d'une femme plus jeune encore que lui, uniquement parce qu'elle avait su lui imposer ses désirs, le soumettre. Un secret ignoré de tous, à part eux deux.

— Ce n'est pas de ma faute, murmura-t-il en baissant les yeux vers son sexe : ça s'est fait tout seul...

— Eh bien, je vais t'apprendre moi : baisse ton pantalon et mets-toi à quatre pattes. Vite !

Avec des gestes rendus fébriles par le désir incontrôlable qui l'envahissait, Olaf s'exécuta. Une fois de plus, il éprouva un plaisir abject à se retrouver nu sur le tapis, ses grosses fesses poilues bien en l'air, totalement exposé aux lubies de Liselotte.

Tandis qu'il exécutait ses ordres, celle-ci avait ouvert le tiroir de gauche du bureau et en avait sorti une fine cravache de cuir brun à manche d'ivoire et d'argent. Elle la fit siffler dans l'air, ce qui provoqua un frisson dans tout le corps d'Olaf.

— Puisque tu as été vilain, dit-elle d'une voix brusquement radoucie, tu vas être puni.

Aussitôt, Olaf poussa un grognement sourd. Le bout de la cravache venait de s'abattre violemment sur son postérieur. Un autre coup suivit, plus fort. Et d'autres encore.

A présent, Liselotte frappait sans discontinuer sur les fesses striées de rouge. Olaf criait sans retenue, sanglotait, la suppliait d'arrêter.

Mais en même temps, il sentait un brasier intense prendre naissance au creux de ses reins. Au fond de lui-même, il n'avait qu'une peur : que Liselotte cesse brusquement de le frapper.

Il hurla : un coup frappé verticalement venait de l'atteindre juste sur les testicules. Une douleur atroce. Mais au même moment, il sentit son ventre s'embraser. Son sexe se tendit encore plus, fut pris de soubresauts violents, de plus en plus rapides. Jusqu'à ce que, dans un râle de bête blessée, Olaf envoie deux puissants jets de semence sur le tapis.

Aussitôt, Liselotte cessa de frapper, tandis qu'il s'écroulait, haletant. Elle se dirigea vers la porte du bureau après avoir rangé la cravache à sa place. Avant de sortir, elle se retourna vers lui.

— Maintenant te voilà calmé, dit-elle d'une voix revêche, tu as intérêt à te remettre au travail. Et plus vite que ça encore !

Une fois seul, Olaf se releva en geignant et entreprit de se rhabiller avec des gestes lents.

C'était chaque fois pareil : quand la séance de cravache était terminée, quand Liselotte le laissait à nouveau seul, il était envahi par un intense désespoir, exactement le même que lorsque, enfant, sa mère l'abandonnait dans la grande maison d'Oslo pour sortir avec l'un ou l'autre de ses nombreux amants.

Comme à cette époque lointaine, il se retrouvait

totalement désemparé, avec un goût de mort dans l'arrière-gorge.

Il se dirigea en titubant vers son bureau et glissa un disque laser dans le lecteur portable posé à gauche de son sous-main. *Le Matin,* la première partie de *Peer Gynt.* La musique tendre et élégiaque de Grieg le rasséréna un peu.

En s'abandonnant à la douceur des violons, il sentit un rictus tordre sa bouche. Il savait bien qu'il n'y avait qu'un moyen pour faire disparaître totalement ce désespoir-là. C'était d'infliger à d'autres femmes des souffrances encore plus terribles que celles qu'il subissait de Liselotte. Les visages de Song et de Muriel passèrent devant ses yeux injectés de sang.

Même si elles n'y étaient strictement pour rien, ces deux-là allaient payer.

CHAPITRE VII

— On va laisser la voiture là, on finira à pied. Qu'est-ce que tu en penses ?

Sans attendre la réponse de son coéquipier qui se massait l'estomac avec une grimace douloureuse, Boris arrêta sa R 19 le long du trottoir, à l'angle du boulevard de la Villette et de l'avenue Secrétan, juste sous les arches métalliques du métro aérien qui relie la Nation à l'Etoile en passant par Barbès.

A peine fut-il descendu de la voiture qu'un agent de la circulation, un petit gros congestionné dans son uniforme, se précipita sur lui, l'œil noir. Il ouvrait déjà la bouche pour hurler quand Boris lui brandit sa plaque avec un large sourire :

— Je suis ravi que vous soyez là, dit-il d'une voix onctueuse. Ça ne vous embête pas de garder un œil sur notre voiture ? On n'en a pas pour très longtemps...

L'agent devint brusquement livide :

— Pas du tout, au contraire, monsieur l'Inspecteur...

Boris traversa le boulevard suivi par Aimé qui lui lançait un regard réprobateur :

— Dis donc, Boris, tu n'as pas honte de profiter de ton grade pour traumatiser ce pauvre homme ?

Boris éclata de rire :

— Allons, Mémé, ne sois pas si formaliste. En plus, je suis sûr qu'il sera ravi de raconter tout ça à ses collègues, ce soir à l'apéro !

Ils longèrent sur quelques mètres le bassin de la Villette dont les berges avaient été récemment entièrement réaménagées pour les promeneurs. Déjà, profitant des premiers vrais rayons de soleil de l'année, des dizaines de jeunes, garçons et filles mêlés, se faisaient bronzer avec le strict minimum de tissu sur le corps.

Boris soupira et détourna son regard en direction de l'avenue Jean-Jaurès qui s'ouvrait devant eux. Il n'était malheureusement pas là pour aller faire le joli cœur auprès des touristes...

Ils passèrent devant le conservatoire de musique flambant neuf et trouvèrent le numéro qu'ils cherchaient : une porte cochère peinte en marron foncé, coincée entre une pizzeria et un restaurant tunisien.

— Merde, lâcha Aimé, il y a un code !

Evidemment, ils auraient dû s'en douter. Les immeubles parisiens non munis de ces claviers digitaux se faisaient de plus en plus rares.

Heureusement, la porte s'ouvrit pour laisser passer une vieille femme complètement cassée en deux, vêtue d'une blouse informe et sans couleur définie, qui traînait derrière elle un horrible boudin sur pattes qui devait être un chien d'après les aboiements furieux qu'il émit en voyant Boris et Aimé pénétrer dans le hall.

Aimé se dirigea droit vers la triple rangée de

boîtes à lettres dont plusieurs étaient complètement défoncées.

— Carlos Ruiz, lut-il : bâtiment B, premier étage. Dis donc, il n'a pas l'air de rouler sur l'or notre maquereau !

— Une ruse pour échapper au fisc, plaisanta Boris en traversant la cour carrée où s'ouvraient trois portes, dont l'une donnait accès au bâtiment Boris.

Dans l'escalier étroit, mais récemment ciré, régnait une odeur entêtante de safran.

Sur le palier du premier, à la peinture jaune écaillée, donnaient trois portes dont une seule ne portait aucune indication de nom. Carlos Ruiz devait aimer la discrétion...

Boris frappa deux coups brefs. Aussitôt, il perçut un crissement de semelles sur ce qui devait être un linoléum.

— Oui, c'est pour quoi ? fit une voix un peu trop haut perchée qui roulait fortement les r.

— Je suis un ami d'Adeline, répondit Boris du tac au tac.

La porte s'entrouvrit juste assez pour laisser apparaître le visage d'un homme d'environ trente-cinq ans, les cheveux noirs impeccablement gominés et la lèvre supérieure rehaussée d'une petite moustache à la Clark Gable, taillée au millimètre. Il dévisagea les deux inspecteurs d'un œil fortement soupçonneux :

— Des amis d'Adeline, hein ? Alors comment que ça se fait que je ne vous connaisse pas ?

Insensiblement, la porte se refermait. Aimé coinça son pied dans l'entrebâillement et sourit de toutes ses dents :

— Justement, on est venus ici pour faire connaissance...

Le souteneur d'Adeline comprit brusquement à qui il avait affaire et pâlit légèrement :

— Excusez-moi, mais je ne comprends absolument pas ce que...

Boris sentit l'agacement le gagner. Il avait horreur de discuter debout sur un paillasson :

— Tu nous ouvres, Carlos, où on le fait à ta place ?

Sa voix était parfaitement calme, mais l'Espagnol comprit instinctivement qu'avec ce flic-là il ne faisait pas le poids et ne le ferait sans doute jamais.

En soupirant, il ouvrit tout grand le battant et s'effaça pour les laisser entrer. D'un geste vague de la main, il leur indiqua le salon qui donnait à droite du petit couloir sombre dont les murs étaient recouverts de photos de toreros dans l'arène. Il flottait dans l'air une vague odeur d'huile d'olive refroidie et de poivrons.

— Qu'est-ce que vous me voulez ? demanda-t-il en s'asseyant sur une chaise de style bistro, tandis que Boris et Aimé prenaient place dans les deux fauteuils de cuir brun, aussi râpés l'un que l'autre.

Boris ne répondit pas tout de suite, occupé qu'il était à détailler le papier peint à grosses fleurs violettes et rouges du plus parfait mauvais goût. Visiblement, madame Martine avait vu juste : dans le genre mac, Carlos Ruiz était une petite pointure. Une toute petite même. La seule chose qui l'intéressait visiblement, c'étaient ses fringues. Il était vêtu d'une chemise blanche à jabot de dentelle, largement ouverte sur sa poitrine, à la

Bernard-Henri Lévy, et d'un pantalon de flanelle anthracite ajusté très près du corps. Un pantalon « poutre apparente », comme Boris l'avait une fois entendu dire par deux adolescentes mortes de rire, dans un café de la place Saint-Michel.

— On aimerait bien que tu nous donnes des nouvelles de ta petite protégée, finit-il par dire.

Carlos leva les bras au ciel en roulant des yeux :

— Je ne vous permets pas, répondit-il avec des accents de princesse offensée qui lui auraient valu un premier prix de conservatoire. Adeline est juste une excellente amie et...

— Te fatigue pas, le coupa Aimé en rajustant ses lunettes Amor sur son nez. On sait très bien qu'elle turbine pour toi et que tu l'as branchée sur le sadomasochisme. On sait même qu'elle est en train de gagner ta croûte quelque part en Norvège avec un type qui l'a contactée par petite annonce.

Carlos Ruiz se leva d'un bond et dévisagea les deux inspecteurs d'un air outragé :

— Je ne vous permets pas de dire ça, cria-t-il d'une voix de fausset. Bon d'accord, il arrive qu'Adeline me rende de petits services, mais le sadomaso, ça n'a jamais été mon truc. Je suis réglo, moi !

Boris croisa nerveusement ses jambes. Ce type commençait à sérieusement l'agacer avec ses grands airs de vertu outragée.

— Et c'est sans doute à ton insu qu'elle a passé une petite annonce dans *Domina* qui, comme par hasard, est une revue spécialisée dans ces trucs-là ?

Carlos se rassit et opina d'un air pénétré :

— Ça c'est sûr, si elle l'a fait, c'est sans m'en

parler : elle sait bien que j'ai horreur de la violence et de tous ces machins de détraqués.

Touchant.

Aimé ouvrait la bouche pour répliquer quand la porte de la chambre s'ouvrit sur une fille d'une vingtaine d'années, pas coiffée, les yeux bouffis de sommeil, vêtue d'une robe de chambre de coton rose et blanche.

— Vous en faites un raffut, dit-elle d'une voix éraillée par le tabac. C'est qui ces types ?

Carlos la fusilla du regard :

— Toi, file ! Tu viendras quand on te sonnera !

La fille baissa les yeux et fit demi-tour pour retourner d'où elle venait. Pas tout à fait assez vite : Boris venait de bondir de son fauteuil et de l'attraper par le bras. Il la fit rapidement pivoter et, de son autre main, écarta brusquement les pans de sa robe de chambre, sans se soucier des protestations de la fille. Il eut un sourire carnassier en découvrant ses cuisses et son ventre couverts de nombreuses zébrures rouges.

Il lâcha la fille qui disparut sans demander son reste et vint se planter devant Carlos qui s'était mis debout. D'une brusque détente des bras, il le saisit par son col de chemise et l'attira à lui d'une poigne irrésistible.

— Tu te fous de notre gueule, Carlos ! gronda-t-il.

Les mâchoires du proxénète se durcirent, son regard devint d'une fixité absolue. Avec une vivacité redoutable, il dégagea son bras droit et envoya de toutes ses forces le tranchant de sa main en direction de l'entrejambe de Boris. Un coup particulièrement vicieux qui, quand il atteignait son but, anéantissait complètement l'adversaire.

Le problème c'est que Carlos fut juste un poil trop lent. Avec des réflexes foudroyants, Boris lui attrapa le poignet, un dixième de seconde avant de recevoir le coup. En y mettant toute sa force, il fit pivoter Carlos sur lui-même de façon à lui tordre le bras derrière le dos.

Le souteneur eut une grimace de douleur.

— Vous n'avez pas le droit de faire ça ! haleta-t-il. Je me plaindrai et...

— Laisse tomber, fit Aimé qui s'était levé à son tour. Je connais bien mon copain : quand on lui fait un coup tordu comme celui que tu as tenté, il perd tout contrôle de lui-même. Il est dangereux, tu sais ! Si tu ne te mets pas à table tout de suite, il est foutu de te casser le bras. Et peut-être bien les deux, si tu y mets vraiment de la mauvaise volonté. Ce serait con, non : avec quoi tu fouetterais tes petites copines, après ?

Boris sentit que Carlos se relâchait. Vaincu. Il le poussa sans ménagements dans le fauteuil le plus proche. L'autre s'y écroula sans résistance. Une sueur aigre perlait à ses tempes et les commissures de ses lèvres étaient agitées d'un tremblement spasmodique.

Boris attrapa une chaise et s'assit à califourchon juste en face de lui :

— Alors, maintenant que tu as découvert les vertus de la sagesse, tu vas nous raconter exactement tout ce qui s'est passé depuis qu'Adeline a reçu une réponse à son annonce.

— Et on te prévient gentiment, compléta Aimé, on est déjà au courant de pas mal de choses. Inutile, donc, d'essayer de nous mener en bateau.

Carlos les regarda tour à tour, une lueur mauvaise dans les yeux. Puis, son regard parut s'éteindre subitement et il poussa un gros soupir :

— OK, je n'ai pas le choix...

— A la bonne heure ! On t'écoute.

— C'est vrai qu'Adeline a décroché un gros contrat en Norvège, dit-il d'une voix morne.

— Combien ? demanda Aimé.

— Environ six briques.

Jusque-là, ça collait avec les renseignements fournis à Boris par Henri.

— Ensuite ?

— Elle est partie pour Oslo avec trois autres filles recrutées par le même type, poursuivit Carlos.

— Comment tu peux être sûr qu'elles sont bien parties là-bas ? demanda Boris à brûle-pourpoint.

Le souteneur se tortillait dans son fauteuil, visiblement mal à l'aise.

— Alors, ça vient ?

— Je me méfiais un peu, finit-il par dire. Ça me paraissait trop beau, si vous voulez savoir, une somme pareille.

— Alors ?

— Alors, j'ai pris en douce un billet pour Oslo par le même vol qu'elle, sans me faire repérer par le type qui les accompagnait.

Boris jeta un rapide regard en direction d'Aimé qui tortillait la pointe de sa moustache. Ça, c'était du nouveau.

— Et il ressemblait à quoi, ce mystérieux accompagnateur ? demanda-t-il.

— Oh, rien de spécial. Un grand blond hyper-sapé, mais pas du tout le look de Pigalle si vous voyez ce que je veux dire... Plutôt le genre bourge.

— Et à Oslo, reprit Aimé, ça s'est passé comment ?

Carlos attrapa le paquet de Ducados, des cigarettes espagnoles, qui traînait sur la petite table basse en rotin et en alluma une avec un briquet Dupont en argent guilloché.

— Ça ne s'est pas passé du tout.

Boris sursauta :

— Qu'est-ce que tu veux dire ?

— Je veux dire qu'à Oslo, les quatre filles ont trouvé un autre billet d'avion pour elles. Deux heures plus tard, elles embarquaient sur un vol de la Braathens SAFE, en direction de Tromsø. Coup de bol, un passager s'est désisté au dernier moment et j'ai pu partir avec elles. Par contre, le type qui les accompagnait est resté en rade. Il avait l'air furieux.

Boris eut un petit sourire ironique :

— Je suppose que tu les as reprises en main ?

Carlos leva les bras au ciel :

— Je ne pouvais quand même pas les abandonner, non ?

Boris alluma une Gallia et envoya d'une pichenette son allumette dans le cendrier sur pied qui trônait près du poste de télévision. Henri avait dit qu'Olaf Denstrup possédait une importante conserverie à Tromsø. Ça collait.

— Et une fois là-bas ? poursuivit-il.

— Elles étaient attendues.

— Par qui ? demandèrent ensemble Boris et Aimé.

Carlos haussa les épaules :

— Je ne sais pas son nom. Il m'a juste dit qu'il était le patron d'un bordel clandestin sadomaso, réservé aux officiers de la base OTAN de Tromsø.

— A quoi ressemblait-il, ton client ? insista Aimé.

— Un type assez vieux, la soixantaine bien sonnée. Une sorte de colosse roux à moitié dégarni.

— Et toi, tu as fait quoi après ?

Carlos regarda Boris d'un air surpris :

— Qu'est-ce que vous vouliez que je fasse ? Je suis rentré à Paris !

— Et depuis, plus de nouvelles d'Adeline ?

— Non, mais je ne suis pas très inquiet : le patron du bordel en question m'a prévenu que leur contrat pourrait être reconduit pour une semaine ou deux, alors...

Boris et Aimé se regardèrent. Ils pensaient la même chose : qu'ils ne tireraient rien de plus de Carlos Ruiz. Ils se levèrent ensemble et se dirigèrent vers la porte d'entrée. Avant de sortir, Boris se retourna vers le souteneur, tout heureux de s'en tirer à si bon compte :

— Je te demanderai de ne pas t'éloigner, OK ? Et si tu as des nouvelles d'Adeline, tu seras gentil de nous prévenir aussitôt, vu ?

Carlos acquiesça.

— Au fait, dit-il timidement, vous ne m'avez pas dit pourquoi vous vous intéressez tant à elle...

— J'espère que c'est pour rien, répondit Boris sombrement.

Mais ça, il en était de moins en moins sûr. Plus il y réfléchissait, plus il pensait qu'Henri de Castelgricourt avait eu raison de s'inquiéter. Pourquoi Olaf Denstrup avait-il éprouvé le besoin de lui faire croire qu'il réceptionnerait les filles à Oslo, sinon pour brouiller sa piste ? Et pourquoi avait-il inventé cette histoire de patron de bordel clandestin au service des militaires de l'OTAN ? Car c'était lui à n'en pas douter : la description fournie par le mac, aussi floue soit-elle, correspondait au signalement du chercheur.

Pour tenter d'y répondre, il n'y avait plus qu'une solution : partir pour la Norvège.

En priant pour qu'il ne soit pas déjà trop tard.

[illegible]
[illegible] prenant du Heart [illegible]
[illegible] et s'aligner [illegible] pouvoir
[illegible] avait [illegible] le besoin de la
faire [illegible] qu'il n'en [illegible]
[illegible] sa perte. [illegible]
[illegible] histoire de [illegible]
[illegible] service des [illegible] de l'OTAN ? [illegible]
[illegible]
par le [illegible] sacrifice [illegible], correspondait au
[illegible]

[illegible], il [illegible] avoir pris
[illegible] pour la [illegible].

Un grand pont qu'il ne soit pas déjà trop tard.

CHAPITRE VIII

— Mais c'est tout petit ici !

— Calme-toi, Mémé, on n'est pas à Roissy !

C'est vrai que l'aérogare de Tromsø était minuscule. Un simple bâtiment rectangulaire construit en bois et peint en blanc et rouge. Mais pour une ville de 48 857 habitants, située à 69° 40′ de latitude nord, c'est-à-dire à plus de quatre cents kilomètres au-dessus du Cercle polaire, ce n'était déjà pas si mal.

Le moyen courrier de la Braathens SAFE avait atterri comme prévu à seize heures trente-cinq, en provenance d'Oslo. Avec les inspecteurs Corentin et Brichot à bord. Charlie Badolini n'avait fait aucune difficulté à les laisser partir pour la Norvège, après avoir entendu le récit de Boris. Il s'était même montré d'une humeur particulièrement accommodante, due sans doute au paquet de Celtiques qui trônait en bonne place sur son bureau.

Boris et Aimé venaient tout juste de récupérer leurs bagages et de souscrire aux inévitables formalités douanières, rendues tout à fait supportables par le sourire et le sens inné de l'accueil des Norvégiens, fussent-ils douaniers.

— Fait pas chaud ici, remarqua Aimé, tandis qu'ils traversaient le hall, couvert d'affiches multicolores vantant la beauté des fjords et les attraits touristiques de la Norvège. On fait quoi maintenant ?

Boris parcourut l'espace d'un rapide coup d'œil et désigna un comptoir à leur droite :

— On file chez Hertz et on se loue une voiture, pour commencer. Après, on va faire un tour à la conserverie de Denstrup. Ça te va comme programme ?

— Correct. Mais il n'empêche que je n'ai pas chaud.

— Normal, Mémé : pour les gens d'ici, le Cercle polaire, c'est comme Nice par rapport au quai des Orfèvres !

— Et toi qui es si malin, tu leur parles en quelle langue, à tes Norvégiens ?

— En anglais, Mémé, tout simplement en anglais : ils le parlent pratiquement tous. Tout du moins dans les villes.

Escorté de son coéquipier, il marcha vers le comptoir de chez Hertz où il fut accueilli, tout sourire dehors, par une superbe jeune femme, aux cheveux longs, blonds comme l'or, et aux lèvres rouges comme des mûres arctiques. Elle était vêtue d'une jupe rouge vif, laissant à découvert une bonne moitié de ses cuisses fuselées, et d'un corsage blanc tendu à l'extrême par la masse incroyable de ses seins fermes. Elle faisait, à un ou deux centimètres près, la taille de Boris.

Soudain, tandis que Boris, dans un anglais

impeccable, commençait à négocier, Aimé se sentit envahi par un coup de cafard. Qu'est-ce qu'il venait faire dans ce pays avec son mètre soixante-sept et ses cinquante-cinq kilos ? Il jeta un coup d'œil rapide à droite puis à gauche et se sentit encore plus déprimé. La fille de chez Hertz n'était malheureusement pas une exception : les femmes que son regard croisait étaient toutes aussi grandes.

C'était idiot à dire, mais il avait l'impression désagréable d'être Gulliver au pays des géants. Un poète avait écrit quelque chose là-dessus. Aimé appela ses souvenirs scolaires à la rescousse. Ah oui : Baudelaire. « J'eusse aimé vivre auprès d'une jeune géante / Comme aux pieds d'une reine un chat voluptueux. » Sauf que là, apparemment, c'était lui le nain, et elles qui étaient normales. Dur, dur...

Il soupira et se tourna vers Boris. Evidemment, comme d'habitude, lui n'avait pas ce genre de problème. Bien au contraire : la jeune loueuse de voitures semblait littéralement fascinée par les cheveux bruns et bouclés de son interlocuteur, par sa gueule de star du cinéma et sa carrure d'athlète. Et en plus, elle ne faisait absolument rien pour le cacher.

Aimé poussa un soupir à fendre l'âme et se détourna, écœuré. Lui aussi, il avait le droit de séduire des Walkyries nordiques. Un sourire rêveur se dessina sur ses lèvres. En fait, il s'y voyait même très bien, en train d'escalader cette géante au sourire enjôleur, d'enfouir son visage entre ses seins. Il risquait de s'y perdre, de s'y noyer, mais qu'importe. Vive le risque ! Lui aussi était parfaitement capable de la...

Aimé sursauta. Brutalement, l'image de sa déesse des fjords venait d'être remplacée par un autre visage qu'il connaissait bien : celui de Jeannette, son épouse, la mère de ses trois enfants, qu'il avait laissée dans leur F5 du Kremlin-Bicêtre.

Il reprit pied dans la réalité, juste à temps pour voir Boris revenir vers lui, des clés de voiture à la main, toujours escorté de la géante qui continuait de le dévorer du regard, passant et repassant un bout de langue rose sur ses lèvres pulpeuses.

— *Please, follow me,* dit-elle avec un sourire qui fit passer un frisson dans la colonne vertébrale d'Aimé.

Ils sortirent à sa suite de l'aérogare et se dirigèrent vers un minuscule parking cerné de grillage vert pomme où une dizaine de voitures étaient stationnées. Des Volvo pour la plupart, toutes de couleurs criardes.

La fille se dirigea vers un coupé 480 turbo d'un rouge pétant et ouvrit la porte côté conducteur avec des mines gourmandes. Une petite merveille de la technologie suédoise en matière automobile : cent vingt chevaux, deux cents kilomètres/heure et tout le confort dont on puisse rêver. Bref, largement au-dessus des moyens d'un inspecteur principal de la Brigade Mondaine, songea Aimé.

Au moment où il s'asseyait dans le fauteuil baquet en cuir noir, il vit l'hôtesse de Hertz glisser une feuille de papier pliée en quatre dans la main de Boris, avant de tourner les talons.

— C'est quoi ? demanda-t-il à sa flèche.

Boris jeta un rapide coup d'œil et fourra le papier dans la poche de son blouson.

— Son numéro de téléphone personnel, évidemment répondit-il sans s'émouvoir.

Aimé se renfrogna un peu plus. Pourquoi cet « évidemment » ? C'était donc toujours aussi évident que ça pour Boris ?

Inconscient des idées noires qu'il avait involontairement ravivées chez son coéquipier, l'inspecteur Corentin enclencha la première et sortit de l'enceinte de l'aéroport.

— Ça n'a pas l'air bien gros, cette ville, fit remarquer Aimé d'une voix bougonne, tandis qu'ils roulaient en direction du centre, longeant le pic de Tromsdalstind dont le sommet était encore tout enneigé.

— Détrompe-toi, fit Boris, occupé à doubler une vieille Ford grise qui lambinait sur la route aux multiples virages. C'est même la ville la plus étendue de Norvège : deux mille cinq cents kilomètres.

— On peut savoir comment tu sais ça ?

— Parce que moi, monsieur, au lieu de dormir bêtement entre Paris et Oslo, j'ai potassé mon Guide Bleu !

— Et tu y as appris quoi d'autre, monsieur je-sais-tout ?

— Qu'outre la base militaire de l'OTAN, Tromsø s'enorgueillit d'être un des plus importants centres de pêche de toute la Norvège.

— Ça, je m'en serais douté, figure-toi, grommela Aimé en tordant le nez.

Effectivement, il flottait sur toute la ville une odeur forte de poisson frais, sans cesse apportée du port par le vent frais qui soufflait en rafale depuis le Tromsøysund, le fjord local.

— C'est où, la conserverie de notre client? demanda Aimé, tandis qu'il longeait le petit square bordant la cathédrale construite à la fin du XIXe siècle.

— Dans Kirkegardsvegen, répondit Boris qui avait facilement obtenu le renseignement depuis Paris. D'ailleurs, nous y sommes.

Effectivement, dans cette rue rectiligne, un peu sinistre, où les entreprises se succédaient les unes aux autres sans presque d'interruption, ils venaient de s'arrêter devant un grand portail de fer peint en rouge vif, surmonté d'une inscription : « Denstrup Virksomhed ».

Boris coupa le contact après avoir rangé sa Volvo le long du mur gris. Dès qu'ils pénétrèrent dans la vaste cour rectangulaire, l'odeur de morue, forte, presque palpable, les saisit à la gorge.

Sur leur gauche, occupant toute la longueur de la cour, étaient disposés des sortes de gradins de bois. A chaque étage, des rondins avaient été fixés longitudinalement. Et sur chacune de ces barres de bois pendaient des milliers de morues, accrochées par la queue, mises là à sécher. La morue, le « minerai de la mer », la vraie grande richesse de la Norvège, dont tout est consommé y compris la langue.

Au-dessus de cet étrange séchoir tournoyaient des dizaines de mouettes hurlant à qui mieux mieux, surexcitées par les odeurs qui leur parvenaient.

— Pas étonnant que ça sente aussi fort, grommela Aimé. Après ça, je ne pourrai plus manger de poisson pendant au moins cinquante ans !

Boris ne répondit pas, occupé à scruter les portes des bâtiments de bois, tous peints en couleurs très vives. Au bout d'une minute, il repéra ce qu'il cherchait. Sur l'une des portes, à l'extrémité de la rangée de baraquements, était fixé un écriteau de bois sur lequel était peint en lettres rouges le mot *Directør*, ce qui ne méritait pas de traduction.

— Mémé, je crois que nous sommes arrivés, murmura-t-il en frappant deux coups.

— *Kom en !* répondit aussitôt une voix à l'accent guttural.

Supposant que cela voulait dire « entrez », Boris poussa la porte et se retrouva dans une pièce minuscule, mais décorée de tableaux multicolores, face à une sculpturale jeune femme aux yeux immenses et d'un bleu très pâle, ses cheveux blonds nattés sur ses épaules dénudées.

Son sourire s'élargit en voyant Boris qu'elle détailla sans se gêner des pieds à la tête.

— Que puis-je pour vous ? demanda-t-elle en anglais, comprenant qu'avec ses cheveux bruns et frisés, son interlocuteur n'était certainement pas norvégien.

Boris caressa du regard ses hanches pleines et sa poitrine ferme avant de répondre :

— Nous souhaiterions voir votre patron, répondit-il. Nous sommes deux journalistes médicaux et nous aimerions entrer en contact avec monsieur Denstrup...

Ça, c'était le petit scénario qu'Aimé et lui

avaient mis au point avant de quitter Paris. La fille eut une moue charmante :

— Je vais essayer, mais je doute que vous arriviez à quelque chose. Enfin, attendez-moi ici, je vais voir...

Elle poussa la porte de communication et disparut dans le bureau voisin.

— Tu crois que ça va marcher ? demanda Aimé en avalant discrètement une pastille contre les maux d'estomac.

— Il le faut, répondit Boris, sinon, je vois mal ce qu'on pourra faire d'autre : c'est quand même notre seule piste...

La superbe secrétaire revint en exagérant le balancement de sa croupe et se planta devant Boris. Elle était presque aussi grande que lui et ses seins frôlaient le cuir de son blouson.

— Vous avez de la chance, murmura-t-elle, les yeux brillants, monsieur le Directeur accepte de vous recevoir. Entrez, je vous en prie...

Suivi d'Aimé, Boris entra dans une pièce de dimensions beaucoup plus vastes, éclairée par une large baie vitrée, encombrée de terminaux d'ordinateurs.

Le sourire d'Aimé s'épanouit. L'homme vêtu d'un strict complet bleu marine qui s'inclinait devant eux était encore plus petit que lui. Ce qui, finalement, n'avait rien de surprenant puisqu'il était japonais.

Sans rien laisser paraître de sa surprise, Boris s'inclina légèrement à son tour, suivant la coutume orientale, et prit place dans l'un des fauteuils de cuir crème que désignait l'étrange directeur des entreprises Denstrup qui retourna s'asseoir derrière son large bureau d'acier et de verre fumé.

— Messieurs, attaqua-t-il en croisant ses mains devant lui, j'ai bien peur malheureusement de ne rien pouvoir faire pour vous. Les instructions de monsieur Denstrup sont formelles : il ne doit être dérangé sous aucun prétexte, en raison de l'importance de ses travaux. Moi-même, d'ailleurs, je ne le vois pratiquement jamais.

Boris tenta de masquer sa déception :

— C'est justement à cause de l'importance de ses travaux que nous sommes ici, répondit-il avec son plus beau sourire. Le *Lancet* (1) auquel nous appartenons, « mister Britchotte », mon photographe, et moi, voudrait consacrer un numéro spécial aux travaux sur la douleur du professeur Denstrup. Vous savez sans doute que notre revue est connue et respectée dans le monde entier...

Le visage du Japonais restait toujours aussi fermé, quoique maquillé d'un sourire poli :

— Sans doute, messieurs, mais je vous répète que...

— Oh, rassurez-vous, interrompit Boris, nous ne vous demandons pas de trahir un secret ! Mais si vous acceptiez de téléphoner au professeur pour lui faire part de notre demande, peut-être consentirait-il à faire une exception...

C'était maintenant ou jamais. En croisant mentalement les doigts, Boris décida de tenter le tout pour le tout :

— Sans compter que si nous informons nos

(1) La plus illustre, et la plus ancienne, revue médicale du monde (anglaise).

lecteurs que le célèbre professeur Denstrup a refusé de parler de ses travaux et que cela revient à ses oreilles...

Le Japonais poussa un soupir résigné et décrocha le téléphone. Boris se retint pour ne pas rugir de joie.

— Je veux bien essayer, dit le directeur en composant le numéro de mémoire, mais n'ayez pas trop d'espoir quand même...

— Eh bien, fit Boris d'un ton qui se voulait insouciant, si ça ne marche pas, tant pis. Au moins, nous aurons la conscience tranquille, vous et nous.

Liselotte sursauta en entendant la sonnerie grêle du téléphone. Elle reposa à côté d'elle le pot de confiture de *multe* presque vide et essuya machinalement ses doigts poisseux au revers de sa blouse avant de décrocher.

— Allô ! aboya-t-elle.

Au fur et à mesure que son correspondant parlait, elle se radoucissait à vue d'œil :

— Le *Lancet*, vous dites ? Evidemment, ce serait très important. Difficile à laisser passer, bien sûr... Mais vous connaissez le caractère de mon mari... Enfin, je vais vous le passer, il est dans son bureau. Vous vous débrouillerez avec lui...

Olaf referma le dossier « Assomption » et soupira. Il fallait en finir au plus vite maintenant. Il était tout près du but, il le savait. Mais, en bon scientifique qu'il était, il savait aussi que le moindre pépin pouvait remettre en cause des mois et des mois de travail acharné.

Le téléphone le tira de ses sombres pensées.

— Que veux-tu, *min elskede?* dit-il en reconnaissant la voix de Liselotte.

Ses sourcils se froncèrent, tandis qu'il l'écoutait. Puis, soudain, son visage s'épanouit :

— Enfin, la presse spécialisée semble reconnaître l'intérêt de mes recherches ! s'exclama-t-il. Quand je pense que pendant des années, les journalistes du *Lancet* ont fait la fine bouche devant mes travaux. Je crois qu'ils méritent une bonne leçon. Passe-moi ce type...

Il changea l'écouteur d'oreille et prit le temps d'allumer un Davidoff, pendant que Liselotte transférait l'appel sur le circuit intérieur.

— Allô ! Oui. Vous dites ? Corentin et Brichot ? Journalistes spécialisés, c'est ça, oui... Eh bien, écoutez, vu la diffusion de votre revue et l'importance capitale de mes travaux, je veux bien faire une exception pour vous. Comment ? Non, il m'est impossible de me déplacer en ce moment. En revanche, vous pouvez passer chez moi. C'est ça, oui. Disons demain, en début d'après-midi, ça vous irait ? Parfait ! Mon directeur vous expliquera comment venir. A demain donc, monsieur Corentin.

Olaf raccrocha d'un geste un peu trop brusque. Il ralluma son cigare éteint. Une lueur sombre dans le regard.

***

— Eh bien, dis donc, je n'aurais jamais pensé qu'il céderait aussi facilement !

Boris ne répondit pas tout de suite à la remarque de son coéquipier. Lui aussi, ça lui semblait bizarre. Ça ne cadrait pas avec toutes les précautions prises par Olaf pour faire venir les quatre filles de France. Ou alors, ça voulait dire qu'ils s'étaient complètement trompés sur son compte et que le chercheur ne faisait absolument rien de répréhensible.

Ils retraversèrent la cour de la conserverie, poursuivis par le bruit sourd des palans et les cris assourdissants des mouettes. Boris perdu dans ses pensées, Aimé fort occupé à réprimer les haut-le-cœur provoqués par l'odeur des morues en train de sécher au soleil.

Dès qu'ils furent remontés dans la voiture, Aimé se tassa contre sa portière :

— Si j'ai bien tout compris, jeta-t-il d'une voix maussade, c'est encore monsieur Corentin qui va jouer les grands reporters pendant que moi je ferai l'obscur petit photographe...

Boris éclata de rire :

— Quoi de plus naturel ? Après tout, c'est un boulot que tu connais bien, puisque tu l'as pratiqué à Saumur (1) !

Avant de démarrer Boris attrapa le papier où la loueuse de voitures avait noté son numéro de téléphone et inscrivit au dos quelques chiffres.

— C'est quoi, ça ? demanda Aimé.

(1) Voir Brigade Mondaine n° 100 : *L'étalon de Saumur.*

— Le téléphone d'Ingrid, répondit Boris d'un ton indifférent.

Aimé ouvrit des yeux ronds :

— Qui c'est ça Ingrid ?

— La secrétaire de notre ami japonais.

— Tu ne vas pas me dire qu'elle aussi t'a...

— ... donné son numéro ? Ben si, figure-toi. Pendant que tu faisais des ronds de jambe avec le directeur pour lui montrer que tu maîtrisais parfaitement l'anglais !

Aimé eut un petit sourire sarcastique, qui ne laissait plus aucun doute sur la nature de ses sentiments : il était bel et bien jaloux !

— Et tu comptes choisir laquelle pour ce soir ? Car j'imagine que c'est pour ce soir, n'est-ce pas ?

Boris se frotta le menton, l'air faussement ennuyé :

— C'est bien ça mon problème. Elles ont l'air tellement gentilles toutes les deux que je ne voudrais pas leur faire de peine ni à l'une ni à l'autre...

Il frappa de la paume de la main sur le rebord supérieur du volant de la Volvo :

— Et si je leur donnais rendez-vous à toutes les deux en même temps ? Ça me permettrait de faire une étude comparative. Qu'est-ce que tu en dis, vieux frère ?

Aimé jugea superflu de répondre. Et tandis que Boris effectuait un impeccable demi-tour pour rejoindre le centre ville, il se disait que c'était vraiment trop injuste, qu'une fois de plus, il allait être bon pour une soirée télé tout seul à l'hôtel. Pour se taper des émissions en norvégien, qui plus est ! Et pendant ce temps, Boris batifolerait avec une créature de rêve.

Pourquoi une d'ailleurs ? Il était bien capable de parler sérieusement et de séduire les deux en même temps !

Pendant qu'Aimé remâchait son amertume, Boris agitait des pensées d'un tout autre ordre. Car après cette soirée qu'il se promettait fort joyeuse, une autre rencontre l'attendait pour le lendemain.

Et si ses pressentiments ne le trompaient pas, il y avait de fortes chances pour qu'Aimé et lui aillent se jeter tout droit dans la gueule du loup.

CHAPITRE IX

Les onze coups sonnés au clocher de bois de la petite église de Bjerkvik résonnèrent comme un glas entre les murailles abruptes qui enserraient le Rombaksfjord.

Olaf porta son regard loin vers l'ouest, là où le fjord s'évasait avant d'aller se confondre avec l'océan. Dans une heure il serait minuit, mais le soleil était encore haut dans le ciel vierge de nuages. Il allait descendre encore, frôler l'horizon, puis remonter inexorablement pour une nouvelle journée.

Une journée semblable à la précédente, séparée d'elle par aucune nuit. A peine si l'air devenait un peu plus froid, le vent qui s'engouffrait en rafales dans le fjord un peu plus vif. Même les oiseaux marins continuaient de piailler.

Olaf se retourna et tendit la main à Liselotte pour l'aider à franchir le gros rocher en forme de chou-fleur. Quand elle en descendit, la neige dure crissa sous son poids et ses bottes de cuir fourrées en mouton naturel s'enfoncèrent de dix bons centimètres.

Elle serra la main de son mari et lui lança un regard brillant d'excitation :

— Tu te rends compte que, dans un instant, nous saurons ?

Olaf eut un petit sourire rempli de fierté :

— Je suis sûr que nous avons gagné.

— Eh bien, allons voir. Cette attente devient insupportable, tu ne trouves pas ?

Ensemble, main dans la main, ils se dirigèrent vers la cabane où Assomption était toujours enfermée, d'un pas rendu lent par l'épaisse couche de neige. Rapidement, Olaf fit sauter le cadenas maintenant la porte fermée.

Assomption était toujours là, la tête dépassant de son tas de neige.

Inconsciente.

Aussitôt, Olaf se précipita vers elle, suivi de Liselotte. Ayant empoigné la pelle, il entreprit de déblayer la neige qui recouvrait le corps de sa victime, en grommelant entre ses dents.

— Merde ! J'espère qu'elle n'est pas morte, cette conne. Sinon, tout est à l'eau.

Dès que le corps de la Martiniquaise fut dégagé, il posa son oreille contre la poitrine glaciale et poussa un rugissement de victoire :

— Elle vit ! Tu te rends compte ? Elle a eu une petite syncope, mais le cœur est reparti. Vite, passe-moi le thermomètre !

Il fit glisser le bâillon et glissa entre les lèvres serrées d'Assomption l'instrument que Liselotte avait sorti de la poche de sa blouse. En même temps, il enroula autour de son bras le tensiomètre qu'il avait apporté avec lui.

— 11-6, annonça-t-il triomphalement. C'est

mieux, beaucoup mieux, même ! Voyons la température...

Il retira le thermomètre de la bouche d'Assomption et y jeta un regard avide.

Il se redressa d'un bond et tourna vers Liselotte un visage extasié :

— 34°3, dit-il simplement d'une voix tremblant d'émotion.

Aussitôt, Liselotte se précipita contre lui et le serra dans ses bras.

— Mon amour, c'est merveilleux, murmura-t-elle, nous avons enfin réussi. C'est le plus beau jour de notre vie !

Ils restèrent un long moment enlacés comme deux amoureux, sans plus accorder d'attention au corps à demi gelé de leur « cobaye ». Ce fut Liselotte qui réagit la première. Elle désigna d'un geste sec le corps inerte :

— Il faudrait peut-être que tu t'occupes du sujet, dit-elle d'un ton parfaitement calme. L'expérience n'est quand même pas tout à fait finie et il faut absolument qu'elle dure jusqu'au bout.

Olaf eut un sourire attendri :

— Tu penses vraiment à tout, *min elskede* ! Qu'est-ce que je ferais sans toi ?

Il s'agenouilla près du corps d'Assomption, attendant que Liselotte, avec des gestes précis, lui prépare la seringue de tonicardiaque destinée à aider le cœur de la Martiniquaise soumis à très rude épreuve.

La question qu'il venait de poser sans y réfléchir s'imposait de nouveau à lui : qu'est-ce qu'il ferait sans Liselotte ? En une minute, le film de leur existence commune défila devant ses yeux à une allure vertigineuse.

La rencontre à cette conférence qu'il avait donnée à l'école d'infirmières de Copenhague, bien sûr. Liselotte était devenue sa maîtresse, puis sa femme, enfin sa plus précieuse collaboratrice, et tout aurait pu en rester là. Il aurait poursuivi tranquillement une brillante carrière universitaire et scientifique, donnant des cours dans toutes les facultés de médecine du monde, écrivant des articles dans les plus illustres revues médicales. Le soir, il serait rentré chez lui retrouver Liselotte. Liselotte qui avait ce pouvoir unique de le plonger dans de véritables transes érotiques.

Seulement, rien ne s'était passé comme il l'avait prévu au départ.

Très vite, Liselotte avait pris les rênes de sa vie en main. Sans qu'il soit jamais capable de s'y opposer, même s'il avait eu au départ quelques velléités de révolte. Aussitôt matées par le fouet ou la cravache qui le laissaient sans volonté, délirant de plaisir.

Qu'aurait-il pu dire quand, vingt-cinq ans plus tôt, Liselotte lui avait suggéré de se spécialiser dans la souffrance, ses causes, les remèdes possibles ?

Olaf prit machinalement la seringue que sa femme lui tendait et piqua Assomption à la saignée du bras gauche.

Il avait dit oui. Comme à chaque fois. Et une fois de plus, elle avait eu raison. Car aujourd'hui, il était à deux doigts de le trouver, ce remède miracle, absolu, contre la douleur. Contre toutes les douleurs.

Et une fois que le monde aurait eu connaissance de sa découverte, ce qui ne tarderait plus, lui, Olaf Denstrup, obtiendrait à coup sûr ce dont il rêvait depuis qu'il avait décidé d'entreprendre des études de médecine : le prix Nobel.

Olaf se releva, le souffle court, et rendit la seringue vide à Liselotte en évitant de la regarder en face.

Evidemment, il savait très bien que, avec ou sans prix Nobel, il aurait fait exactement la même chose. Car ses recherches scientifiques étaient aussi le meilleur moyen d'avoir des corps de femmes à son entière disposition. Des êtres humains à qui il pouvait infliger les pires tortures pour le bien de l'humanité future.

Des femmes innocentes sur lesquelles il pouvait se venger des humiliations que Liselotte continuait de lui infliger après quarante ans de vie commune.

Des femmes sur lesquelles il régnait en maître absolu, comme le roi de la Montagne, de Grief, dans son antre secret.

Olaf s'agenouilla de nouveau devant le corps inerte et glacé d'Assomption. Celle-là n'était qu'une parmi d'autres. Il y en avait eu beaucoup avant elle ; il y en aurait encore beaucoup si la science l'exigeait.

Et si par malheur la science le rejetait, il resterait quand même ce désir monstrueux qui le tenaillait sans cesse et dont il sentait confusément qu'il était dépendant comme d'une drogue chimique.

Il posa son énorme main couverte de poils roux sur le sein ferme, couleur chocolat, de sa victime et enfonça ses ongles trop longs dans la peau veloutée. Aussitôt, il sentit son sexe tendre la toile épaisse de son pantalon de velours. Il leva les yeux vers Liselotte, debout à côté de lui :

— Nous devons faire quelques tests complémentaires, dit-il d'une voix qui tremblait légèrement. Passe-moi le stéthoscope...

Il ficha les deux embouts de l'appareil dans ses oreilles et posa la rondelle de caoutchouc sous le sein droit d'Assomption.

— Nous devons savoir comment son organisme affaibli réagit à la douleur. C'est capital. Expérience n° 31...

Aussitôt, Liselotte s'agenouilla à son tour, de l'autre côté du corps inerte. Les yeux brillants, les joues empourprées, elle se pencha et saisit le mamelon raidi par le froid entre ses lèvres. Puis, avec un grognement sourd, elle le mordit violemment. Le sang jaillit et coula en une fine rigole le long du flanc d'Assomption.

Liselotte releva la tête, la lèvre inférieure barbouillée de rouge :

— Alors ?

— Tout à fait satisfaisant, répondit Olaf d'un ton calme. Les réactions du cœur sont faibles, naturellement, mais il a quand même réagi dans des temps convenables. Test n° 18.

Liselotte fronça les sourcils :

— Tu crois que ce n'est pas un peu prématuré ?

Olaf eut une moue agacée :

— Il faut bien en passer par là, sinon on ne pourra jamais conclure. Alors autant le faire tout de suite.

Liselotte acquiesça. Elle vint se placer entre les cuisses longilignes de la Martiniquaise. Puis, après avoir déblayé un reste de neige qui la gênait, elle plaqua sa bouche sur le sexe recouvert d'une toison noire et crépue.

— Tu es prêt ? marmonna-t-elle.

Olaf déplaça son stéthoscope de quelques centimètres vers la trachée artère :

— Vas-y !

Liselotte happa avec difficulté entre ses lèvres le clitoris presque totalement rétracté par le froid auquel il avait été soumis.

S'agrippant aux hanches de sa victime, elle y planta ses dents dc toutes ses forces.

Cette fois, le corps d'Assomption eut un léger soubresaut. Sa tête oscilla deux fois de gauche à droite et, dans un mouvement réflexe pour tenter d'échapper à la douleur atroce que son subconscient venait d'enregistrer, ses jambes se refermèrent de quelques centimètres.

— Génial ! rugit Olaf en se redressant. Tu as vu : son corps a réagi. Avec une température interne de 34°3. C'est absolument fantastique ! Cette fois, nous y sommes, *min elskede* !

Liselotte se redressa à son tour et essuya sa bouche barbouillée de sang :

— Tu veux dire que tu vas lui faire la perfusion tout de suite ?

Olaf hocha énergiquement la tête :

— Il n'y a aucune raison d'attendre davantage. Installe le goutte à goutte.

Liselotte attrapa l'engin qu'elle avait déposé près de la porte de la cabane en arrivant. Il s'agissait d'une tige de métal d'environ un mètre cinquante à l'extrémité de laquelle était soudé un crochet. Elle le plaça près du corps d'Assomption et y fixa un ballon de plastique dur transparent, aux deux tiers rempli d'un liquide vert translucide. Du bas de ce ballon partait un tuyau lui aussi transparent et flexible, à l'extrémité duquel était fixée une grosse seringue. A la moitié du tuyau avait été pratiqué un coude qui permettait de visualiser le défilé du goutte à goutte.

Olaf suivait des yeux les manipulations de sa femme.

— Fais bien attention qu'il n'y ait pas une seule bulle d'air, avertit-il : je n'ai pas envie qu'elle claque d'une embolie foudroyante parce qu'il se serait formé un caillot de sang dans les valvules.

Liselotte le foudroya du regard :

— Tu as peut-être la prétention de m'apprendre mon métier, à présent ?

Olaf rougit et baissa les yeux :

— Bien sûr que non, *min elskede.* Je sais bien que tu n'as jamais commis une seule faute. Mais comprends-moi : il faut que nous soyons absolument irréprochables...

Liselotte prit la peine de nettoyer l'avant-bras d'Assomption avec un coton imbibé d'éther, afin d'éviter tout risque d'infection, exactement comme elle avait appris à le faire à l'école d'infirmières. Quand on lui enseignait comment soigner et guérir les autres...

Quand elle eut enfoncé l'aiguille dans la veine à peine visible, elle se releva et regarda Olaf avec des yeux luisants d'excitation. Olaf lui sourit et garda le silence. Qu'avaient-ils besoin de parler ? Ils savaient tous les deux que le grand jour était enfin arrivé.

Pour la première fois, ils injectaient la bétazynotroline à un cobaye humain. Ce mélange secret auquel Olaf avait donné un nom à partir des composants chimiques qui le formaient et auquel ils travaillaient ensemble depuis tant d'années. Des années de recherches difficiles, obscures, souvent décourageantes parce qu'ils n'avançaient que millimètre par millimètre, avec même de brusques retours en arrière.

Aujourd'hui, ça y était : « leur » prix Nobel était là, sous leurs yeux, qui s'écoulait goutte après goutte dans le corps inanimé de cette jeune femme noire dont ils ignoraient tout.

Ce qu'ils savaient tous les deux, en revanche, c'est ce qui devait se passer dans son corps durant les prochaines heures, d'après les calculs d'Olaf, mille et mille fois recommencés, affinés, précisés.

Logiquement, sous l'effet de la bétazynotroline, Assomption devait cesser rapidement de souffrir du froid intense auquel elle était soumise. Mais il y avait mieux, beaucoup mieux : elle devait pouvoir le supporter et vivre normalement dans des conditions où toute personne non traitée serait morte en quelques heures.

C'était ça leur triomphe. C'était pour ça que, dans les siècles à venir, on vénérerait le nom d'Olaf Denstrup. Grâce à l'inestimable service qu'il avait rendu à tous. Pas seulement aux explorateurs polaires, aux alpinistes de haute montagne ou aux combattants du froid : à l'humanité entière.

Olaf prit une profonde inspiration et ferma les yeux, envahi par une bouffée d'orgueil.

Le formidable secret que le génial Mengele (1) avait cherché en vain, il venait de le découvrir. Mengele, le précurseur, le visionnaire qui avait eu l'idée révolutionnaire de ligoter les aviateurs russes faits prisonniers dans des piscines pleines de glace. Mengele qui, si le temps lui en avait été laissé, aurait sans doute percé le secret du froid qui aurait permis à l'armée allemande de triompher de l'hiver russe. Mengele qui aurait donc offert la maîtrise absolue du monde à son bien-aimé Führer, Adolf Hitler.

Tout cela, lui, Olaf Denstrup était en train de le mettre à la portée du monde, par la seule puissance de son intelligence. Et aussi parce que, comme Mengele, il ne s'était pas arrêté à de stupides considérations humanitaires ; parce que lui aussi pensait que l'on a le droit de sacrifier quelques pauvres filles sans avenir, déjà rongées par le vice auquel elles sont vouées, pour la plus grande gloire de la science...

Olaf secoua sa crinière rousse comme pour sortir de son rêve. Il prit la pelle et avec des gestes précis, attentifs, précautionneux, il recouvrit le corps d'Assomption de neige. Avant de rejoindre Liselotte qui l'attendait près de la porte, il s'attarda à contempler le visage immobile de la jeune Martiniquaise, la couvant d'un œil presque tendre.

— Tiens le coup, ma jolie, murmura-t-il. Le

(1) Médecin-chef du camp d'extermination d'Auschwitz qui s'est livré à des expériences horribles sur ses prisonniers. Il a réussi à fuir l'Allemagne après la défaite et n'a jamais été retrouvé.

bonheur de l'humanité repose sur toi. Quel rôle magnifique je t'offre !

Il se releva enfin et prit tendrement la main de Liselotte avant de sortir. Ils clignèrent tous les deux des yeux en retrouvant le monde extérieur.

Il était minuit dix et il faisait grand jour. Déjà le soleil allait reprendre sa course ascendante. A pas lents, ils revinrent vers la maison, sans prononcer une parole, la tête pleine de rêves.

Les rayons rasant du soleil faisaient comme une traînée d'or liquide sur les eaux désertes du fjord. Le soleil de minuit, c'était le moment qu'Olaf préférait entre tous. Un instant magique, hors du temps, une fraction d'éternité sereine et majestueuse qui le faisait se sentir étranger partout où il était allé dans le monde, dans ces pays où, bêtement, la nuit succédait au jour avec une désespérante monotonie.

Sous la brise légère, de minuscules fleurs violettes ondulaient dans l'herbe haute. Dans les branches du bouleau au feuillage vert tendre qui semblait jaillir de la falaise même, des oiseaux pépiaient joyeusement, profitant eux aussi de cette journée sans fin qui leur était offerte.

— Regarde ! souffla soudain Olaf en s'immobilisant.

A cinq mètres devant eux, une marmotte passait sans se presser, à travers le tapis de mousse qui descendait jusqu'à la berge du fjord. Arrivée au bord de l'eau, elle se dressa sur ses pattes arrière et poussa un sifflement aigu. Aussitôt, le même sifflement lui répondit, depuis les hauteurs du bouleau. Dans un souci de parfaite harmonie, la nature avait voulu que l'oiseau apprenne à imiter parfaitement le cri de la marmotte.

En arrivant sur le seuil de la maison, Olaf leva les yeux vers l'une des fenêtres du premier, là où Song et Muriel devaient dormir, sans même se douter de la découverte prodigieuse qui était en train de se faire à quelques mètres d'elles. Il serra Liselotte contre lui.

— Demain, murmura-t-il. Demain matin, si elle est toujours vivante, nous aurons gagné. Il ne restera plus qu'à vérifier les détails sur les deux autres filles, contrôler les derniers paramètres et, au besoin, apporter les ultimes retouches pour rendre notre découverte absolument parfaite.

Olaf poussa la porte vitrée et pénétra sous la véranda avec un sentiment de bonheur tel qu'il n'en avait jamais connu auparavant. Dans quelques heures, il serait un grand homme. Aussi grand que Pasteur quand il mit au point le vaccin contre la rage, ou que sir Alexander Fleming lorsqu'il a découvert la pénicilline. Oui, demain matin, il serait l'un des plus grands génies de ce siècle.

Si tout se passait bien…

CHAPITRE X

— Mais c'est pas possible, il a découché ou quoi ?

Pour la troisième fois, Aimé frappa à la porte de bois verni. Rien à faire, Boris ne donnait aucun signe de vie. Une femme de chambre, jeune et jolie comme il se doit, passa dans le couloir, poussant un plein chariot de serviettes de toilette propres, et adressa un grand sourire à Aimé. Brusquement, celui-ci eut honte de se promener dans son pyjama blanc à petites fleurs mauves et rougit jusqu'aux oreilles.

La veille, après s'être renseigné auprès du « turistinformasjon » de Tromsø, Boris et lui avaient jeté leur dévolu sur le *Viking hotell,* situé sur la Grønnegate, à l'extrême sud de la ville.

« Comme ça, avait dit Boris, nous serons tout près de la route de Narvik demain matin. »

Pas bête, en effet. Sauf qu'il était dix heures du matin et qu'Aimé tambourinait depuis dix minutes à la porte de sa chambre sans aucun succès.

La soirée s'était déroulée exactement comme il l'avait prévu. Après un rapide dîner en tête à tête, composé de caviar de truite et d'un délicieux *rype i fløtesaus* (perdrix des neiges et sa sauce à la crème), Boris avait prétexté de vagues occupations pour fausser compagnie à son coéquipier qui avait eu droit à un passionnant documentaire sur la culture lapone, dont il n'avait évidemment pas compris un traître mot. Il s'était endormi sur les coups de onze heures et demie en imaginant Boris dans les bras de l'une de ces Walkyries blondes qui le faisaient fantasmer depuis leur arrivée en Norvège.

— Bon, tant pis, j'entre, décida-t-il en abaissant le loquet de la porte.

Il poussa un soupir de soulagement en découvrant la chambre aux murs entièrement recouverts de lattes de pin et décorés de minuscules peintures champêtres.

Boris était là, allongé sur le ventre, les bras en croix, au milieu d'un lit qui ressemblait à un champ de bataille. Aimé s'approcha sur la pointe de ses pieds nus et le secoua timidement par l'épaule.

Aucune réaction.

Il recommença un tout petit peu plus fort.

Sans plus de résultat.

Cette fois il lui empoigna le bras franchement et secoua autant qu'il put. Boris grogna, attrapa l'oreiller de plumes naturelles pour enfouir sa figure à l'intérieur.

Et se rendormit.

Aimé se gratta pensivement la moustache. « Bon, je fais quoi, moi, maintenant ? A part le seau d'eau glacée, je ne vois pas. »

Il allait se résoudre à cette extrémité quand deux rires cristallins le firent sursauter. Il se retourna d'un bloc pour se trouver nez à nez avec deux superbes filles blondes, uniquement vêtues d'un tee-shirt blanc qui couvrait à grand-peine leurs fesses rebondies. Elles se tenaient enlacées par la taille dans l'encadrement de la porte de la salle de bains.

En découvrant ce petit bonhomme à moitié chauve, chaussé de ses grosses lunettes de myope, dont les pieds nus dépassaient à peine de son pantalon de pyjama ridicule, elles éclatèrent de rire, à la grande confusion d'Aimé qui aurait donné cher pour se trouver ailleurs.

D'autant plus gêné qu'il reconnaissait parfaitement les deux filles qui se moquaient de lui : l'hôtesse de chez Hertz et la secrétaire du Japonais, directeur des entreprises Denstrup.

Il ne fallait pas être grand clerc pour deviner ce qui s'était passé ici durant la nuit.

« Quel satyre ce Boris, songea Aimé, un peu estomaqué tout de même. Il a fallu qu'il se les fasse toutes les deux. Et en plus, elles ont l'air copines comme cochons ! Décidément, il m'épate… »

Heureusement, elles cessèrent de s'intéresser à lui pour reporter leur attention sur Boris qui dormait toujours. Elles le contemplèrent longuement avec un sourire plein d'adoration.

Ingrid, la secrétaire du Japonais, se pencha à l'oreille de sa compagne et lui souffla :

— *Lisbeth, jeg ved hvad vi skal gøre.*

— *Mig ogsä* (1), répondit la dénommée Lisbeth.

(1) — Je sais comment faire. — Moi aussi.

A la grande stupéfaction d'Aimé qui n'osait plus bouger, elles sautèrent sur le lit et se mirent à ramper doucement vers Boris.

Rouge comme une pivoine, Aimé eut toutes les peines du monde à détacher ses regards concupiscents de ces deux postérieurs qui ondulaient en rythme.

En retenant leurs rires, Ingrid et Lisbeth soulevèrent ensemble la tête de Boris. Puis, à la même seconde, elles lui appliquèrent chacune un baiser claquant sur les deux oreilles.

Radical : Boris bondit et se retrouva assis au milieu de son lit, l'air totalement ahuri, au milieu des éclats de rire joyeux de ses deux conquêtes norvégiennes, ravies de leur plaisanterie.

Faisant jouer son impressionnante musculature en s'étirant, Boris leur adressa un sourire charmeur, avant de s'aviser de la présence incongrue de son coéquipier, debout, les bras ballants au milieu de la chambre.

— Eh bien, Mémé, dit-il en étouffant un ultime bâillement, on joue les voyeurs maintenant ?

Aimé rougit jusqu'aux oreilles :

— C'est malin ! Je te signale qu'il est déjà dix heures et que monsieur dort toujours, alors que nous sommes censés être à Narvik sur les coups de trois heures de l'après-midi.

Boris passa la main dans ses cheveux ébouriffés et sourit :

— Du calme, Mémé, on est dans les temps. Sois cool, comme diraient tes jumelles.

— Cool peut-être, mais...

Aimé fut interrompu par deux coups brefs frappés à la porte.

— *Kom en* ! cria Boris, faisant pouffer les deux Norvégiennes, sans doute à cause de son accent français.

Les yeux d'Aimé s'agrandirent de convoitise en voyant entrer le garçon d'étage. Il tenait devant lui un énorme plateau de métal argenté croulant sous les victuailles les plus diverses. Un vrai petit déjeuner dans la plus pure tradition du pays : poissons marinés et fumés, viandes froides, crudités, avec sauces aigres et sucrées, œufs, gaufres, céréales, yaourts, fromages, compotes et confitures, le tout accompagné de petits pains de toutes sortes.

— Assieds-toi, Mémé, fit joyeusement Boris. J'avais commandé un petit dej' pour trois seulement, mais j'ai l'impression qu'ils ont vu large.

Comme pour confirmer la proposition de Boris, Ingrid attrapa un gros morceau d'anguille fumée et le tendit à Aimé avec un adorable sourire :

— Un bedite faim, joli monsiou ?

Aimé refusa avec une grimace : l'idée d'avaler du poisson au saut du lit suffisait à réveiller ses aigreurs d'estomac. En essayant de ne pas se laisser distraire par le spectacle des deux filles qui déjeunaient tranquillement, assises en tailleur au bout du lit, lui offrant une vision affolante sur leurs deux toisons blondes, il attira à lui une chaise en plastique moulée très design et s'assit en face de Boris.

— En tout cas, dit-il, pendant que monsieur dormait, je ne suis pas resté les bras croisés.

— Qu'est-ce que tu as fait de beau ? demanda

Boris en se resservant une pleine assiette de *sild* (1).

— Je suis allé à l'hôpital du coin où j'ai réussi à me procurer ça, grâce à un interne qui baragouinait trois mots de français.

« Ça », c'était le dernier numéro de la revue *Lancet* qui consacrait un dossier complet aux progrès de l'immunothérapie.

— Comme ça, on évitera d'avoir l'air trop tartignoles face à Denstrup.

— Excellente idée, approuva Boris.

La dernière bouchée de son petit déjeuner pantagruélique avalée, Boris se tourna vers Ingrid et Lisbeth qui étaient déjà rhabillées :

— Les filles, attaqua-t-il en anglais, j'ai passé une nuit de rêve grâce à vous deux et je peux vous dire que tout homme qui n'est pas venu au moins une fois en Norvège dans sa vie n'a aucune idée de ce qu'est l'érotisme, le vrai...

Rires chatouillés et ravis.

— ... Malheureusement, maintenant, le devoir m'appelle. Je vous promets de vous appeler si je repasse par Tromsø.

Chacune à leur tour, Ingrid et Lisbeth vinrent se lover contre Boris et échangèrent avec lui un long et voluptueux baiser. Puis, avant de sortir, elles déposèrent une bise sur le front dégarni d'Aimé qui en devint écarlate et faillit laisser tomber ses lunettes.

Dès qu'ils furent seuls, Boris sauta hors du lit.

— Mémé, je te propose un truc : moi, je prends le volant jusqu'à Narvik, pendant ce temps tu me

(1) Harengs marinés sucrés.

fais la lecture du *Lancet.* Et après, advienne que pourra. Mais avant, il serait bon de mettre Baba au courant de ce qui se passe.

Sans laisser à Aimé le temps de répondre, il courut à la salle de bains s'offrir une douche réparatrice dont il avait grand besoin : Ingrid et Lisbeth n'avaient consenti à le laisser dormir que vers cinq heures du matin. Et encore, pas avant de lui avoir offert un petit spectacle impromptu, mettant en scène leurs talents amoureux « entre filles ».

Mais tandis que les jets brûlants faisaient rougir sa peau, Boris ne parvenait pas à chasser l'image obsédante qui revenait sans cesse à son esprit depuis la veille, sans qu'il réussisse à comprendre pourquoi. L'image d'un énorme piège aux mâchoires d'acier maintenues grandes ouvertes par un ressort tendu à l'extrême.

Un ressort sur lequel il avait la sensation désagréable de s'apprêter à poser le pied.

***

Au moment précis où Boris et Aimé dressaient leur plan de bataille, le monde s'écroulait brutalement sur la tête de Liselotte et Olaf Denstrup.

En entrant dans la cabane, avec l'œil du spécialiste, ils avaient compris en même temps.

Assomption était morte.

D'après les premiers examens pratiqués à la hâte par Olaf, son cœur avait dû lâcher entre minuit et deux heures du matin, c'est-à-dire peu de temps après qu'ils avaient branché le flacon de bétazynotroline. Au moment même où ils triomphaient et se voyaient déjà à Stockholm, reçus en grande pompe par le successeur de Bernadotte (1) venu leur attribuer « leur » prix Nobel.

Fini, terminé, le Nobel. Avec la mort d'Assomption, il fallait tout reprendre à zéro. Tous les calculs, toutes les expériences. Cela prendrait des mois, des années peut-être.

Olaf n'osait même pas regarder sa femme. Il sentait l'orage prêt à éclater au-dessus de sa tête. Et pourtant, il était sûr de n'avoir fait aucune erreur.

Alors ?

Avec des gestes las, il déblaya la neige qui parsemait le corps déjà raide de la Martiniquaise et défit ses liens. Il la chargea sur ses épaules et sortit à l'air libre. Il laissa le corps tomber dans la neige avec un bruit mou. Portant ses deux index et ses deux majeurs à ses lèvres, il émit deux coups de sifflet brefs.

Quelques secondes après, dans un nuage de neige poudreuse, Dag et Stig, les dogues allemands bondirent par-dessus le gros rocher qui séparait la petite crique de la maison et se précipitèrent sur le cadavre, la langue pendante, une mousse baveuse aux babines, l'œil injecté de sang. Ils s'arrêtèrent à quelques centimètres. Chaque muscle de leur corps frémissait. Ils levèrent un regard implorant vers leur maître.

(1) Bernadotte (1763-1844), maréchal d'Empire, fut placé sur le trône de Suède par Napoléon en 1810, sous le nom de Charles XIV. S'étant retourné contre la France en 1812, il conserva son trône après la chute de l'Empire. Les rois de Suède actuels sont ses descendants.

— Allez-y, mes braves toutous, fit Olaf d'une voix douce. Régalez-vous, elle est à vous.

Aussitôt, avec un sinistre claquement de mâchoires, les deux molosses se ruèrent sur leur proie et commencèrent à lui arracher de gros morceaux de chair qu'ils avalaient au fur et à mesure sans presque mâcher, tant leur faim était grande, leur besoin de sang impérieux.

— Bouffez-la, cette salope ! gronda Liselotte, le visage déformé par un rictus de haine. Elle l'a fait exprès de crever, je suis sûre qu'elle l'a fait exprès !

Elle rejoignit Olaf qui s'était adossé au pied de l'immense falaise abrupte, le visage tourné vers le ciel où les mouettes tournoyaient en se rapprochant de plus en plus du sol, attirée par l'odeur du cadavre. Contrairement à ce qu'il craignait, Liselotte ne se mit pas en colère après lui. Au contraire, elle entoura tendrement sa taille de son bras et posa sa tête contre son épaule.

— Ce n'est pas de ta faute, dit-elle d'une voix monocorde. Ce n'est pas de notre faute. Tous les grands génies ont connu des moments aussi terribles. Et ils ne se sont pas découragés. Dix fois, cent fois, ils ont recommencé. C'est pour ça qu'ils ont triomphé. Et nous triompherons aussi. Il suffira de faire venir d'autres filles assez bêtes pour se jeter dans la gueule du loup en échange de quelques couronnes, voilà tout.

Elle s'écarta brusquement de son mari et, lui prenant la tête entre ses deux mains, le força à soutenir son regard qui brillait d'un éclat presque douloureux.

— En attendant, gronda-t-elle, j'ai bien envie

de passer mes nerfs sur les deux autres connes. Après tout, c'est de la faute de leur copine si tout a raté. Eh bien, elles vont payer pour elle !

Prenant la main d'Olaf, elle le tira vers le gros rocher. Il se laissa entraîner sans résistance. Au passage, ni l'un ni l'autre n'accorda un regard aux deux chiens qui continuaient de déchiqueter le corps de ce qui avait été une jeune femme pleine de vie, débordante de santé, avec ses illusions et ses espoirs. Parfois, l'un des deux chiens parvenait à arracher plus vite le lambeau convoité par l'autre. Alors, ils se sautaient dessus en grondant et leurs deux corps enchevêtrés roulaient dans la neige rougie par le sang de leur victime. Mais très vite, repris par l'odeur enivrante et fade à la fois de leur carnage, ils retournaient festoyer...

Dès qu'ils auraient arraché du squelette la moindre parcelle de viande, Olaf jetterait les restes de la malheureuse Assomption dans l'énorme poêle à bois de la chaufferie. Et, pour peu que le vent du fjord observe un peu de répit, la fumée monterait tout droit au ciel.

Exactement comme cela s'était passé deux jours plus tôt quand il avait brûlé les ossements d'Adeline.

Olaf entra le premier dans la maison où flottait encore l'odeur sucrée des harengs du petit déjeuner. Il se dirigea droit vers l'escalier conduisant au sous-sol.

— Va les chercher, grommela-t-il à sa femme, sans même se retourner.

Il descendit les seize marches de bois gémissant sous son poids, laissant machinalement ses doigts caresser la rampe de pin, à la fois lisse et grenue.

Il poussa la porte de son laboratoire et se dirigea droit vers le Toshiba portable, exactement le même modèle que celui qui trônait dans son bureau. Celui-ci était relié à deux enceintes acoustiques D-Box, avec amplificateur stéréophonique incorporé.

Peer Gynt de Grieg était déjà à l'intérieur. Olaf présélectionna la plage n° 5 : *Dans l'antre du roi de la montagne.* Et poussa le volume presque à son maximum.

Tandis que la musique emplissait l'espace, se réverbérait sur les carreaux de faïence, il eut un rictus ironique. Il était beau le « roi de la montagne » ! Déchu, fini. Ce n'était pas la peine de se leurrer : il n'aurait jamais le courage de tout reprendre à zéro. Même Liselotte ne pourrait l'y forcer.

Mais en se disant cela, il savait très bien qu'elle en avait les moyens. Et qu'une fois de plus, il lui obéirait sans protester.

La porte s'ouvrit à la volée et Liselotte poussa sans ménagements Song et Muriel, entièrement nues, au milieu de la pièce. Instinctivement, elles se serrèrent l'une contre l'autre, frissonnantes de froid.

Après un rapide regard vers Song qui lui sourit faiblement, Muriel prit son courage à deux mains et regarda Olaf droit dans les yeux.

— On voulait vous dire, ma copine et moi, qu'on ne marche plus. C'est complètement dingue ce que vous nous faites faire. On veut rentrer à Paris...

Ses paroles tombèrent dans un silence total, uniquement marqué par les notes répétitives, obsédantes, de Grieg. Aussi bien Liselotte qu'Olaf restaient rigoureusement immobiles, le visage impassible, comme s'ils venaient d'être brutalement frappés de surdité.

— Vous pouvez même garder l'argent, poursuivit Muriel en haussant le ton pour couvrir la musique qui se gonflait inexorablement.

Silence glacial, immobilité de pierre.

— Vous entendez ! hurla-t-elle, le visage déformé par la colère et la peur mêlées. Ramenez-nous chez nous, merde ! Vous n'êtes que des malades bons à enfermer !

L'insulte agit comme un électrochoc sur les époux Denstrup. Liselotte agrippa Muriel par le bras, la fit pivoter vers elle et lui décocha un violent coup de genou dans le bas-ventre. Sous la douleur, Muriel se plia en deux et tomba à genoux en hoquetant.

Dans le même temps, Olaf s'était précipité sur Song que la terreur empêchait de bouger. Il lui décocha une gifle si violente qu'elle fut projetée contre le mur où sa tête heurta durement un carreau de faïence qui se fendit sous le choc. Elle glissa à terre, sans connaissance.

Avant que Muriel ait pu se relever, Liselotte l'empoigna par son épaisse chevelure rousse et la traîna sans ménagements jusqu'à la baignoire de cuivre à l'ancienne, agrémentée de deux robinets en col de cygne, qui occupait l'angle nord du laboratoire.

— Pour qui tu te prends, espèce de petite pute ? gronda-t-elle, la voix méconnaissable. Partir d'ici ? Ma pauvre fille ! Tu ne partiras d'ici que si on le veut bien et quand on le voudra, mets-toi bien ça dans la tête !

Tout en hurlant ses imprécations, Liselotte avait ouvert en grand le robinet d'eau froide. Quand la baignoire fut à moitié pleine de l'eau glacée issue d'une des multiples sources qui descendaient des glaciers, elle attrapa Muriel par les cheveux et la gifla à toute volée.

— Maintenant, on va voir si tu as toujours une grande gueule, gronda-t-elle.

Avec une force peu commune, elle souleva la malheureuse et la bascula à demi au-dessus de la baignoire, le visage à quelques centimètres de l'eau.

Comprenant brutalement ce qui l'attendait, Muriel se mit à hurler à pleins poumons.

— Garde ton souffle, connasse ! rugit Liselotte, tu vas en avoir sacrément besoin…

De toutes ses forces, elle appuya sur la tête de Muriel. En tendant tous ses muscles au maximum, celle-ci parvint à résister quelques secondes. Mais elle n'était pas de taille à lutter avec Liselotte. D'un coup, elle se relâcha et elle s'engloutit dans l'eau glacée.

Durant quelques secondes qui lui parurent un siècle, elle parvint à retenir sa respiration. Mais très vite, elle eut l'impression qu'un étau géant lui comprimait la poitrine. Le sang battait à ses tempes comme si sa tête allait éclater.

Alors, prise d'une terreur inhumaine, elle ouvrit la bouche en un cri muet. Aussitôt, l'eau glacée se rua entre ses lèvres, dans sa gorge, dans ses poumons.

Elle tenta de cracher le liquide qui l'investissait

de toutes parts, mais elle ne réussit qu'à en absorber davantage.

Un voile noir passa devant ses yeux et elle ne sentit plus rien.

Quand Muriel reprit connaissance, elle était recroquevillée contre la baignoire, grelottant au milieu d'une importante flaque. Elle fut prise d'une violente quinte de toux et vomit un peu d'eau mêlée de bile. Après, elle se sentit un peu mieux. Mais quand elle essaya de se relever, ses jambes la trahirent et elle s'écroula en gémissant sur le carrelage.

Cherchant instinctivement son bourreau des yeux, son regard tomba sur Song. La malheureuse était enchaînée au plafond par les poignets, rivés à deux grosses poulies de fer. Elle était suspendue à cinquante centimètres du sol et son corps tournoyait dans le vide, d'un côté, puis de l'autre, sous les coups de fouet que lui infligeait un Olaf éructant et grondant qui s'appliquait à frapper au rythme de la musique de Grieg, de plus en plus rapide.

La Vietnamienne n'avait même plus la force de crier. Son propre poids rendait sa respiration de plus en plus pénible.

Lorsque Olaf laissa enfin tomber son instrument de torture, son dos était entièrement zébré de longues traînées rouges. Le sang perlait et s'écoulait en fines rigoles jusqu'à ses fesses menues.

Elle laissa sa tête retomber sur sa maigre poitrine, ignorant que le pire était encore à venir.

L'espace d'une seconde, dans son cerveau encore embrumé par ce qu'elle venait de subir,

Muriel se dit que Song aurait peut-être mieux fait de ne jamais quitter son Viêt-nam natal...

Avec une sorte de soulagement égoïste, elle constata que Liselotte, son bourreau à elle, semblait avoir disparu. Sans même la volonté de réagir — mais qu'aurait-elle bien pu faire ? —, elle vit Olaf dégrafer précipitamment son pantalon et en sortir son gigantesque pieu de chair en pleine érection.

Il se plaça derrière Song qui, malgré la distance du sol où elle se trouvait, était juste à sa hauteur. Il l'agrippa par ses hanches d'adolescente et plaça l'extrémité de son formidable membre contre le petit œillet plissé, niché dans le sillon de sa croupe.

Avec un « han » de bûcheron, il donna un grand coup de reins en avant. Cette fois, sous l'engin terrible qui l'ouvrait en deux, Song poussa un hurlement inhumain et se débattit dans ses liens comme une possédée. Mais Olaf la maintenait solidement.

Il allait et venait dans ses reins déchirés en grognant comme un fauve. Lorsqu'il explosa en elle, ses ongles se plantèrent avec une force surhumaine dans la peau tendre du ventre de Song, la meurtrissant encore un peu plus.

Soulagé, il se retira d'elle avec un affreux bruit mou et se rajusta. Puis, tandis que la musique de Grieg éclatait enfin en un orage surnaturel, il alla ouvrir grand la fenêtre qui donnait sur le derrière de la maison, en contrebas par rapport à la façade.

Il inspira un grand coup l'air vif et parfumé du dehors pour tenter de reprendre une respiration normale. Dans un semi-brouillard, il vit passer le ferry de onze heures vingt qui se dirigeait lentement vers Narvik en glissant silencieusement sur les eaux calmes. Il crut voir un groupe de jeunes filles, à la proue du navire ventru, qui lui faisaient signe de la main. Mais il n'eut pas la présence d'esprit de leur répondre.

A quelques mètres devant ses yeux, roulés en boule au pied de la falaise de granit dont les éclats miroitaient dans le soleil, Dag et Stig dormaient.

Repus.

CHAPITRE XI

— Allô ! C'est vous, patron ? Non, c'est Brichot à l'appareil…

Aimé n'avait eu aucune difficulté à obtenir Paris depuis le téléphone de la chambre de Boris. La voix de Badolini lui parvenait avec une netteté étonnante. Tout juste s'il n'avait pas l'impression de sentir l'odeur âcre des Celtiques.

Boris avait préféré laisser Aimé faire leur rapport au commissaire : ça lui donnait un peu de temps pour commencer à parcourir le *Lancet*. Après tout, c'était lui qui était censé être le journaliste scientifique.

— Oui, patron, bien arrivés, je vous remercie, poursuivait Aimé, la main collée contre son autre oreille pour tenter d'affaiblir un peu le mugissement des cargos dans le port tout proche. Oui, il est là, mais il est occupé, c'est pour ça que c'est moi qui vous téléphone…

Aimé eut un regard appuyé en direction de Boris qui feignit de ne rien voir. Apparemment, Charlie Badolini était d'humeur maussade et, évidemment, il fallait que ça tombe sur lui.

— Bon, je vous fais un bref résumé, patron,

reprit-il. Vous y êtes ? Tout a marché comme sur des roulettes. Nous avons eu Olaf Denstrup au téléphone. Il a complètement mordu dans notre ruse du *Lancet.* Nous le voyons cet après-midi. Hein ? Mais non, rassurez-vous, nous ne serons pas en retard !

Avec un soupir misérable, Aimé changea le combiné d'oreille et remonta ses lunettes sur son nez :

— Donc, le directeur de son usine nous a donné son adresse. Pardon ? Un petit bled à côté de Narvik. Vous savez, le port où arrive tout le fer suédois et qui a donné lieu à l'une des premières grandes batailles de la dernière guerre, entre les Allemands et les Alliés. Il y avait notamment un corps expéditionnaire français. Figurez-vous que dans un premier temps, les Français ont eu le dessus. Et vous savez pourquoi ils ont perdu, au bout du compte ? Parce qu'ils avaient emporté tellement de ballons de foot et de boules de pétanque dans les soutes de leurs bateaux qu'ils n'avaient plus de place pour charger suffisamment de bandes de munitions ! Incroyable, non ?

Le visage d'Aimé s'empourpra subitement :

— Comment, patron ? Je vous prends pour un analphabète ? Mais pas du tout, je... Ah bon : vous savez tout cela depuis quarante ans. Bon, excusez-moi. Je poursuis. Donc nous avons l'adresse de Denstrup. Vous la voulez ?

Aimé fut obligé de l'épeler entièrement, vu qu'il était parfaitement incapable de la prononcer.

— Voilà, vous savez tout. Pas de problème. On vous rappelle dès qu'on a du nouveau. Au revoir, patron.

Aimé raccrocha et se tourna vers Boris qui le regardait en souriant d'un air gentiment moqueur :

— C'était très réussi, ton petit cours d'histoire contemporaine à Baba, observa-t-il.

Aimé haussa les épaules :

— Est-ce que je pouvais savoir, moi...

— Bon, à part ça, qu'est-ce qu'il t'a raconté, le patron ?

— C'est drôle, il paraît que ton ami Henri...

— ... Ce n'est pas mon ami, s'il te plaît !

— Bref, il paraît qu'Henri de Castel-je-ne-sais-plus-quoi lui téléphone toutes les deux heures pour savoir où on en est dans notre enquête. Il a l'air de salement regretter ce qu'il a fait, non ?

Boris haussa les épaules :

— Eh bien, avec ce que tu as raconté à Baba, il va pouvoir lui jeter quelques informations en pâture. Bon, on y va ?

Ils descendirent les deux étages et remirent leur clé à un réceptionniste mince et papillonnant qui lança une œillade enamourée à Boris.

— Eh ben dis donc, observa Aimé d'un ton ironique tandis qu'ils rejoignaient leur coupé Volvo, on dirait qu'il n'y a pas que les Norvégiennes qui sont sensibles à ton charme : leurs mâles aussi !

Il fit un saut de côté pour échapper à la bourrade de sa flèche.

Aimé déplia la carte routière sur ses genoux, tandis qu'ils longeaient le port de Tromsø, le plus important de ce coin du monde en raison du trafic maritime international avec l'Arctique. Sur la route pavée qui longeait les bassins, bordée de maisons à deux ou trois étages, toutes peintes en couleurs différentes, se pressait une foule bigarrée.

Des hommes d'affaires venus là régler d'importants marchés concernant la pêche, des marins en attente d'embarquement, mais aussi des étudiants par groupes de deux ou trois, qui flânaient le nez en l'air, respirant l'ambiance si particulière, commune à tous les ports : un mélange d'odeurs de poissons, de chocs sourds des lourds palans, d'appels de sirènes et de cris de mouettes.

— Arrête-toi là ! cria soudain Aimé.

Boris pila, déclenchant des coups d'avertisseur de la part de la Mercedes qui les suivait.

— Qu'est-ce qui t'arrive ? demanda-t-il.

Aimé désigna la boutique peinte en blanc et vert, une dizaine de mètres derrière eux, dont le fronton s'ornait du mot *Fotoforretning* tracé en lettres noires joliment dessinées :

— Je suis peut-être idiot, mais foto, ça doit vouloir dire quelque chose comme photo, non ? Et de quoi j'aurais l'air si je me pointais chez notre savant désaxé sans appareil ?

Boris lui donna une petite tape sur le bras :

— Mémé, tu es génial ! Bon, va en acheter un. Mais ne prends pas le plus cher, sinon Baba va avoir une attaque en épluchant ta note de frais !

Aimé se fraya à grand-peine un chemin dans la foule compacte qui remontait vers le centre de Tromsø. Brusquement, il comprenait ce que ça devait représenter pour Charles, son petit dernier, de marcher au milieu d'une forêt d'adultes : il avait exactement le même impression, cerné par ces immenses Norvégiens.

Il poussa la porte vitrée du magasin de photo, déclenchant un gong mélodieux. Aussitôt, une jeune fille d'à peine vingt-cinq ans jaillit de derrière le comptoir de bois ouvragé, faisant sursauter Aimé.

— *Hvad vil du have*? demanda-t-elle avec son plus beau sourire.

Aimé avala sa salive avec peine, incapable de détacher ses yeux de la lourde poitrine qui jouait librement sous le corsage brodé à demi transparent.

Faisant un violent effort sur lui-même, il parvint à rassembler ses maigres connaissances d'anglais pour lui expliquer qu'il souhaitait acheter un appareil photo.

Après dix minutes de palabres laborieuses, il fixa son choix sur un Canon dont le prix lui semblait honnête. Il paya et ressortit avec un gros soupir : à lui, on n'avait donné aucun numéro de téléphone privé...

Dès qu'il fut remonté dans la voiture, Boris redémarra en trombe. Il ne leur restait plus tellement de temps pour arriver à Narvik. D'autant que, dans le dédale des fjords, il devait être très facile de se perdre.

— Tu reprends la carte, Mémé, et tu tâches de nous trouver la prochaine ville un tant soit peu importante. Sinon, on ne s'en sortira jamais.

Aimé se battit près d'une minute avec la carte routière de la Scandinavie, toute en longueur comme il se doit, vu la forme de la Suède et de la Norvège réunies.

— Dès que tu vois une direction « Laksvatn », c'est bon, annonça-t-il enfin, alors qu'ils laissaient le port derrière eux et que les maisons s'espaçaient pour faire place à une campagne verdoyante où les chalets formaient une multitude de taches colorées.

Boris jeta un rapide coup d'œil dans son rétroviseur pour la cinquième fois en deux minutes.

— C'est drôle, constata-t-il, il y a la même Volvo que la notre juste derrière nous. Et en plus elle est exactement du même rouge criard. Décidément, on aime la couleur dans ce pays.

Mais il s'en désintéressa aussitôt pour se concentrer sur ce qui les attendait dans une centaine de kilomètres.

Et qui risquait d'être tout le contraire d'une partie de plaisir.

CHAPITRE XII

« Soixante-cinq degrés, ce n'est pas suffisant, songea Liselotte, l'œil rivé au cadran du thermostat. On va lui mettre cinq degrés de mieux. »

Elle tourna avec précaution le bouton de bakélite noire et nota dans son carnet la nouvelle température, ainsi que l'heure à laquelle elle l'avait augmentée.

Surtout ne rien négliger, ne commettre aucune nouvelle erreur.

En massant machinalement ses seins à l'étroit sous sa blouse, elle se dirigea vers la glace sans tain qui séparait le laboratoire du sauna.

De l'autre côté, Muriel était attachée, totalement nue, sur une étroite planche de bois fixée au sol par quatre pieds de fer. A ses bras, à ses chevilles, étaient fixées les petites pastilles reliées à l'électrocardiogramme qui transmettait, dans le laboratoire, le zigzag désordonné de ses battements cardiaques. A la saignée de son bras droit était piquée une grosse seringue reliée à un bocal de perfusion.

Plein aux trois quarts de bétazynotroline à

laquelle Olaf avait apporté quelques modifications au cours de la matinée.

Cela faisait plus d'une heure que Muriel supportait cette chaleur inhumaine.

A intervalles réguliers, elle tirait sur ses liens pour tenter de s'en défaire. Mais ses mouvements étaient de plus en plus faibles. Les cheveux collés par la transpiration abondante qui ruisselait de tous les pores de sa peau, elle agitait sa tête en tous sens, le visage déformé par la souffrance oppressante que lui causait la chaleur.

Liselotte l'observa un moment, puis revint vers le centre du laboratoire.

Là où Song était enchaînée au plafond, les pieds dans le vide, reliée au deuxième électrocardiogramme. Elle aussi sous perfusion de bétazynotroline modifiée. Mais pas exactement dans les mêmes proportions.

Après bien des hésitations, Olaf avait décidé d'augmenter le taux de prozydrane dans le cas de Muriel, pensant ainsi obtenir une réaction des artères coronariennes plus favorable à la chaleur et à l'humidité.

Pour Song au contraire, il avait décidé d'introduire un peu de V-Max en solution, à raison de 0,25 ‰, de façon à stimuler les alvéoles pulmonaires et à réduire la remontée du diaphragme.

Tout en observant Song qui respirait de plus en plus difficilement, Liselotte eut un mince sourire ironique. Dire qu'Olaf « avait décidé » était une vue de l'esprit. Bien sûr, ce serait la version que l'histoire des sciences retiendrait s'ils parvenaient au bout de leurs recherches.

La réalité était tout autre. Olaf, après la mort

d'Assomption, était décidé à tout abandonner. C'est elle, Liselotte, qui l'avait contraint à continuer. C'est elle aussi qui lui avait suggéré les modifications à apporter à la bétazynotroline.

Car depuis tant d'années qu'ils travaillaient ensemble, elle avait fini par en savoir autant que lui, sur le plan médical pur. Et comme en plus son esprit de décision et d'analyse était davantage développé que celui de son mari, c'était elle en fait qui dirigeait les recherches.

Au point que parfois Liselotte se demandait pourquoi elle continuait de s'embarrasser de ce gros balourd d'Olaf qu'elle avait épousé parce qu'elle avait deviné au premier coup d'œil qu'il pouvait, mieux qu'un autre, lui apporter la richesse, et surtout la gloire. C'est d'ailleurs avec cet espoir chevillé au corps qu'elle avait entrepris des études d'infirmière : pour mettre la main sur la perle rare.

Avec Olaf, elle n'aurait pas pu mieux tomber. Elle avait si bien su le domestiquer qu'en quarante ans de vie commune il ne s'était jamais aperçu que Liselotte n'éprouvait pas une once d'amour pour lui. Et n'en avait jamais éprouvé.

Ses lèvres se serrèrent si fort qu'elles devinrent blanches, presque invisibles. Aujourd'hui, Liselotte avait l'impression qu'Olaf n'était plus un tremplin pour son ambition dévorante, mais un frein.

Un frein de plus en plus gênant.

Elle s'ébroua pour chasser les pensées qui s'entrechoquaient sous son crâne et se dirigea vers la glace sans tain qui la séparait du sauna où Muriel se débattait de plus en plus faiblement. Sur l'écran noir de contrôle, le zigzag vert fluo se faisait de plus en plus haché, cahoteux.

Liselotte décida pourtant de passer à quatre-vingts degrés.

Elle revint vers Song dont le souffle ressemblait de plus en plus à un râle d'agonie. D'un geste précis, Liselotte tourna une minuscule mollette d'acier, fixée à la base du tuyau de perfusion, pour augmenter légèrement le débit de bétazynotroline.

Avant de sortir du laboratoire, elle vérifia que le bâillon de Song était solidement ajusté sur sa bouche. Il ne manquerait plus que cette idiote se mette à hurler, avec ce journaliste à l'étage au-dessus.

***

Olaf tendit le coffret d'acajou plein de Davidoff n° 2 par-dessus son bureau.

Boris déclina l'offre d'un sourire.

Cela faisait à peine cinq minutes qu'il se trouvait dans le bureau d'Olaf Denstrup. Aimé et lui avaient eu un mal fou à trouver leur chemin, mais finalement ils étaient arrivés à quinze heures pile.

Boris était rentré seul, laissant Aimé poireauter dehors.

— Je t'appellerai dans un quart d'heure — vingt minutes, lui avait-il dit. C'est comme ça que procèdent les vrais journalistes : le reporter ne fait venir le photographe que quand il sent que l'interviewé est en confiance. Comme Denstrup a dû voir pas mal de journalistes dans sa vie, autant lui montrer qu'on est des pros.

Maintenant, il fallait se lancer.

Boris prit une profonde inspiration et suivit machinalement des yeux le couple de mouettes qui passait à ras de la fenêtre donnant sur le Rombaksfjord. Il reporta son attention sur Olaf qui le fixait avec un demi-sourire.

Sans trop savoir pourquoi, depuis qu'il était entré dans la grande pièce aux murs recouverts de livres, Boris ressentait une sourde impression de malaise. La sensation que quelque chose clochait, sans parvenir à déceler quoi.

— Professeur Denstrup, attaqua-t-il, au nom de toute la rédaction de *Lancet,* je vous remercie d'avoir bien voulu nous accorder cet entretien qui...

Il fut interrompu par un éclat de rire homérique :

— Il se réveille bien tard, le *Lancet!* s'exclama Olaf. Vous êtes trop jeune pour le savoir sans doute, monsieur Corentin. Mais je peux vous dire que pendant des années, votre revue a systématiquement boudé mes travaux et descendu en flammes tous mes livres !

Boris passa une main rapide dans ses cheveux. Ça commençait bien !

— Professeur, il n'est jamais trop tard pour reconnaître ses erreurs, vous ne croyez pas ? Et je puis vous assurer qu'aujourd'hui nous sommes tous persuadés de l'importance capitale de vos recherches.

Olaf tira une longue bouffée de son cigare et renversa la tête en arrière pour souffler la fumée bleutée vers le plafond fraîchement repeint :

— A la bonne heure ! Eh bien, dans ce cas, je vous écoute : que voulez-vous savoir ?

Boris sentit un peu de sueur couler dans son dos. C'était le moment de vérité. Il sortit un carnet à spirale de la poche de son gros blouson de cuir, ainsi qu'un Bic noir.

— Peut-être ne serait-il pas inutile que nous commencions par un rapide exposé de l'état actuel de nos connaissances dans ce domaine si peu exploré de la souffrance et de ses causes, avança-t-il prudemment.

Le sourire d'Olaf s'accentua, de plus en plus ironique. Pourquoi Boris avait-il la désagréable certitude que ce géant roux, assis en face de lui, se foutait ouvertement de lui ?

— Si vous y tenez, allons-y, laissa tomber Olaf...

Un quart d'heure plus tard, Boris se sentait déjà mieux. Olaf Denstrup, s'animant peu à peu, lui avait fait un exposé rapide mais clair, qui avait permis à Boris de comprendre à peu près de quoi ils étaient censés parler.

Il avait même risqué deux ou trois questions sur des points de détails que son interlocuteur n'avait pas eu l'air de trouver déplacées.

— Néanmoins, reprit-il là où Olaf s'était arrêté, est-ce que vous ne craignez pas des effets secondaires graves ? Car enfin, l'expérimentation animale est indispensable, bien sûr, mais nous savons bien qu'elle ne suffit pas et que pour juger de l'innocuité d'un nouveau produit, il est nécessaire de passer par l'expérimentation humaine ? Quand parviendrez-vous à ce stade, professeur ?

Olaf leva les bras au ciel :

— Malheureusement, je suis loin d'en être arrivé là, je dois bien vous l'avouer.

Boris réussit à garder un visage impassible et continua de noter. C'était une contradiction flagrante avec tout ce qu'avait dit Henri, confirmé par Carlos Ruiz, le souteneur d'Adeline.

— D'ailleurs, poursuivit Olaf, vous vous rendez bien compte que ces expérimentations posent un problème quasi insoluble.

— Je ne comprends pas...

— C'est pourtant simple : pour tester un produit destiné à combattre la souffrance, il faut des gens qui souffrent, nous sommes bien d'accord ? Or, on ne peut pas le faire sur des malades, qui sont déjà affaiblis par leur maladie, et vous conviendrez avec moi qu'il serait monstrueux de faire souffrir exprès des gens, même pour la bonne cause.

Champion, songea Boris. L'Oscar de l'hypocrisie vertueuse, sans contestation.

De toute façon, il ne s'attendait pas à ce que Denstrup lui déballe tout bien gentiment. En venant ici, son but était surtout de s'introduire chez lui, de le mettre en confiance, de façon à pouvoir fouiner un peu et tenter de découvrir quelque chose.

Et jusque-là, il avait l'impression que ça marchait plutôt bien, malgré la sensation de malaise diffus qui ne le quittait pas.

Un mugissement sourd lui fit lever les yeux de son carnet de notes. Olaf surprit son regard :

— Ce n'est que le vent, monsieur Corentin. Quand il se met à s'engouffrer dans le fjord, on dirait une bande de loups qui hurlent à la mort. C'est très impressionnant, surtout la nuit. Une vieille croyance populaire prétend qu'une femme qui est fécondée à minuit, quand le vent souffle, enfantera un monstre à deux têtes. Amusant, n'est-ce pas ? Evidemment, ça ne marche que si le soleil est couché. Donc, pas de risque en ce moment !

Boris décroisa ses jambes et les recroisa dans l'autre sens. Il se sentait de plus en plus mal à l'aise. Alors que l'atmosphère s'était détendue dans les premières minutes de leur entretien, il avait l'impression qu'elle se tendait de nouveau. Mais peut-être était-ce provoqué par le vent qui à présent mugissait sans discontinuer, apportant avec lui de gros nuages plombés, ballottant les mouettes comme des fétus.

— Mais j'y pense, dit soudain Olaf en ouvrant le tiroir supérieur gauche de son bureau, vous n'avez pas amené votre photographe ?

Boris hésita un quart de seconde avant de répondre.

— Si, finit-il par dire, mais j'ai préféré qu'il attende dehors pour nous laisser bavarder tranquillement.

— Eh bien, nous allons le faire monter, répondit Olaf, en décrochant le téléphone intérieur.

Boris faillit dire que ce n'était pas la peine, mais Olaf était déjà en train de prononcer une phrase incompréhensible. A sa femme sans doute, puisque Boris crut reconnaître le mot « Liselotte ».

Olaf raccrocha et reporta son regard vers Boris.

Celui-ci eut la certitude que quelque chose venait de changer dans le comportement de son interlocuteur.

Son instinct l'avertit brutalement d'une menace.

Il allait se lever quand la main d'Olaf jaillit du tiroir de son bureau.

Brandissant un Colt 45.

— C'est fini de jouer, monsieur Corentin ! gronda-t-il d'une voix déformée par la haine.

Sans encore bien comprendre ce qui se passait, Boris décida en un éclair de jouer son rôle jusqu'au bout :

— Mais enfin, professeur, balbutia-t-il en s'efforçant de donner tous les signes d'une intense frayeur, que vous arrive-t-il, je ne comprends pas...

— Vous comprenez très bien, au contraire, monsieur l'Inspecteur de la Brigade Mondaine !

Boris en resta muet de stupeur.

Olaf éclata de rire, sans cesser de braquer la gueule noire de son pistolet sur Boris :

— Eh oui, monsieur Corentin, vous avez commis une grave erreur en vous présentant ici sous votre véritable identité. Car vos exploits vous ont apporté une petite notoriété. Oh bien sûr, pas ici, en Norvège. Mais vous auriez dû vous souvenir que j'ai enseigné près de dix ans à la Sorbonne. Et que, comme tout un chacun, je lisais les journaux et regardais la télévision ! Votre visage m'était familier mais si vous n'aviez pas eu l'imprudence de m'aider à mettre un nom sur ce visage, sans doute ne vous aurais-je pas reconnu...

Intérieurement, Boris se traita de tous les noms. Il s'était fait piéger comme un bleu. Mais pouvait-il prévoir que le professeur se souviendrait de lui ? Et, de toute façon, Aimé et lui étaient partis de Paris trop précipitamment pour que les services spécialisés du quai des Orfèvres aient le temps de leur fabriquer une fausse identité.

Il fallait essayer de gagner du temps, de raisonner Olaf.

— Monsieur Denstrup, ce que vous faites est idiot, dit-il posément. Nous sommes au courant de tout. Nous savons que vous détenez quatre filles françaises, ici ou ailleurs. D'autre part, mes patrons, à Paris, connaissent votre adresse et peuvent à tout moment faire intervenir la police norvégienne. Il serait plus sage de ne pas aggraver votre cas en prenant un policier en otage.

Les yeux d'Olaf, d'une fixité absolue, lançaient des éclairs sauvages. Son visage s'illumina d'un sourire béat :

— Personne ne peut rien contre moi, monsieur Corentin, dit-il d'une voix exaltée. Un génie de ma trempe est au-dessus des lois, au-dessus de la morale des gens vulgaires et stupides, comme vous et vos semblables ! Et en plus, vous et votre pseudo-photographe allez me fournir deux sujets d'expérience supplémentaires. Bonne aubaine, non ? Vous pourrez au moins vous vanter d'avoir servi la science. Si vous en réchappez, bien entendu !

Olaf éclata d'un rire haut perché, strident, qui cessa aussi subitement qu'il avait commencé. Il se leva et contourna son bureau. Mais il resta prudemment à trois mètres de Boris.

— Et comme je connais votre réputation de super-flic, je ne me laisserai pas avoir.

Il eut un petit mouvement sec du poignet et désigna le sol du canon de son pistolet :

— A plat ventre, les mains sur la tête, et vite !

En une fraction de seconde, Boris évalua ses chances s'il tentait un coup de force. Il comprit qu'elles étaient voisines de zéro. La rage au ventre, il s'allongea à plat ventre sur le tapis dont les brins de laine lui chatouillaient la joue. Il croisa ses mains derrière la nuque.

— Ecoutez, Denstrup, dit-il aussi calmement que possible, je pense que vous...

Il n'acheva pas. De toute sa puissance de géant, Olaf venait d'abattre la crosse de son Colt 45 sur sa tempe droite.

Boris eut l'impression qu'une gerbe d'étoile explosait sous son crâne. Une lumière aveuglante l'éblouit, puis il se mit à tomber dans un puits noir et sans fond.

*
**

Aimé vivait un rêve éveillé.

Depuis plus d'une demi-heure que Boris était avec Olaf Denstrup, il ne parvenait pas à se rassasier des splendeurs naturelles qui s'étalaient complaisamment devant lui. Il comparait mentalement son F5 de la banlieue parisienne avec la grande maison du professeur, nichée dans sa petite crique naturelle, cernée par ces falaises déchiquetées absolument ahurissantes de beauté grandiose, baignée par les eaux vertes du fjord qui s'enfonçait si loin à l'intérieur du roc qu'on avait l'impression qu'il ne devait jamais finir.

Soudain, son instinct l'avertit d'une présence

derrière lui. Il se retourna et éprouva un pincement à l'estomac.

La femme blonde d'environ soixante ans qui lui souriait était une vraie géante. Non seulement elle était plus grande qu'Ingrid et Lisbeth, les deux conquêtes de Boris, mais en plus elle était deux fois plus large de carrure que lui et devait lui rendre un demi-quintal sur la balance.

L'espace d'un instant, Aimé s'imagina en train de lui faire l'amour. Ce n'était même plus de l'escalade, carrément de la varape !

— Vous êtes le photographe, n'est-ce pas ? dit-elle dans un français guttural mais parfait. Je suis Liselotte Denstrup, la femme du professeur. Votre collègue vous prie de bien vouloir le rejoindre dans le bureau de mon mari. Si vous voulez bien me suivre...

Après avoir vérifié que son Canon tout neuf était toujours pendu sur sa poitrine, Aimé emboîta le pas en direction de la maison.

Il sursauta quand les deux dogues, enfermés dans le chenil, à droite de la maison, un peu en retrait, se mirent à aboyer ensemble. Liselotte se retourna vers lui en souriant :

— C'est l'heure de leur repas, expliqua-t-elle. Ils le sentent...

Aimé lui rendit son sourire.

Ils allaient pénétrer sous la véranda fermée quand une forme humaine jaillit à l'extérieur.

Une fille rousse, titubante, le visage hagard, la peau écarlate.

Et totalement nue.

Elle fit quelques pas sur l'herbe épaisse et s'écroula face contre terre.

Aimé eut l'impression qu'on lui coulait du plomb fondu dans l'estomac.

Il avait eu le temps de reconnaître l'une des prostituées fournies par Henri au professeur Denstrup.

Instinctivement, il voulut courir vers elle pour lui porter secours.

Il n'alla pas bien loin.

Devant lui, barrant le chemin de sa masse formidable, les bras écartés et les mains ouvertes prêts à la lutte, les yeux injectés de sang, le visage déformé par la haine, se tenait Liselotte Denstrup.

CHAPITRE XIII

Boris reçut un violent coup de poing au plexus solaire qui lui coupa net la respiration.

C'est du moins l'impression que lui fit le jet d'eau glacé d'une pression formidable qui venait de l'atteindre.

Sous la violence du choc, il fut rejeté contre le mur auquel il était enchaîné.

Quand il était revenu à lui, une dizaine de minutes plus tôt, il s'était retrouvé entièrement nu, attaché par les poignets au plafond de ce qui lui avait semblé être une lingerie. Il ressentait une douleur lancinante à la tempe, suite du coup qu'il avait reçu dans le bureau d'Olaf.

Respirant le plus profondément possible, il avait réussi à calmer les battements de son cœur. Il savait qu'il devait absolument conserver son sang-froid et sa lucidité. C'était le seul moyen de profiter de la plus infime chance pour sortir de ce guêpier.

Car pour un guêpier, c'en était un.

Boris, froidement, avait analysé la situation, examinant un à un tous les paramètres. Sa conclusion n'était pas brillante.

D'abord, il était clair qu'Olaf Denstrup avait complètement perdu pied dans le réel. Boris avait suffisamment l'habitude des désaxés, qu'il traquait à longueur d'année, pour savoir que le brillant professeur de naguère avait basculé dans la folie meurtrière la plus dangereuse, puisqu'elle se paraît des oripeaux de la science.

Deuxièmement, il ne devait compter sur aucune aide extérieure. Car même si Badolini finissait par s'inquiéter de leur silence, il interviendrait sans doute trop tard. D'autant que, même cerné et perdu, Olaf Denstrup n'hésiterait sans doute pas à aller jusqu'au bout de sa folie et à le tuer avant d'être pris.

Restait le paramètre Aimé Brichot.

Mais malgré son optimisme naturel, Boris ne se faisait guère d'illusions. Son intelligence, son sens lucide de l'analyse lui disaient que son coéquipier n'avait pas une chance sur dix de venir à bout des époux Denstrup. D'autant que l'effet de surprise jouait en leur faveur, jusqu'à preuve du contraire.

Mais ce qui inquiétait encore davantage Boris, c'étaient ces pastilles de caoutchouc fixées par du sparadrap à ses bras et ses jambes, ainsi qu'à sa poitrine, reliées à ce qu'il reconnut être un électrocardiogramme. Cet attirail ne pouvait signifier qu'une chose.

Qu'il allait réellement servir de cobaye au professeur Denstrup.

Il en était là de ses réflexions quand Olaf avait fait irruption dans la lingerie, un mauvais sourire aux lèvres, le regard brillant d'un éclat fixe.

Et le cauchemar avait commencé.

Il durait maintenant depuis... Depuis combien

de temps, au fait ? Boris n'en savait rien et ne voulait surtout pas le savoir. Avec l'entraînement de très haut niveau qui était le sien, il savait que rien ne devait le distraire de sa lutte contre les douleurs terribles qu'il était contraint d'endurer.

Des douleurs qui portaient un nom simple : la douche écossaise.

Alternativement, Olaf dirigeait sur lui un puissant jet d'eau glacé, puis brûlant, puis glacé, et ainsi de suite de plus en plus vite.

A chaque changement de température, Boris sentait que tout son corps était soumis à un choc terrible. Sa respiration s'arrêtait, son cœur battait la chamade, cognant de plus en fort dans sa poitrine. Il avait l'impression que chaque parcelle de sa chair, de ses os même, était devenue une boule de douleur irradiante.

N'importe qui n'ayant pas sa formidable condition physique aurait déjà craqué.

De nouveau le jet brûlant lui ébouillanta la poitrine. Boris serra les dents à s'en faire péter les mâchoires.

Il n'avait pas encore poussé un seul cri. Il ne devait absolument pas crier, il en était conscient. Crier était une dépense d'énergie. Et Boris savait qu'il devait concentrer toute l'énergie dont il disposait dans son cerveau. Car c'était mentalement qu'il devait résister avant tout, pas autrement.

Mais combien de temps serait-il capable de tenir ?

Soudain, la torture s'arrêta. La porte de la lingerie s'ouvrit et Boris, dans un semi-brouillard, vit entrer une grande femme blonde qu'il devina être Liselotte, la femme d'Olaf.

Il nota aussi qu'Aimé n'était pas avec elle, ce qui pouvait être aussi bien un bon qu'un mauvais signe.

Les deux époux se mirent à parler en norvégien et Boris en profita pour essayer de récupérer quelques forces.

— La fille ? était en train de demander Olaf.

— Je l'ai enfermée dans le sauna, elle ne nous emmerdera plus, répondit Liselotte, la voix grondante.

— Et le petit flic ?

Liselotte eut un petit rire sec :

— Celui-là nous emmerdera encore moins...

— Qu'est-ce que tu en as fait ?

— Eh bien, comme l'heure du repas des chiens approchait, je me suis dit qu'il ferait un steack tout à fait présentable...

Olaf éclata d'un rire suraigu :

— Bravo, *min elskede* ! Tu as des idées géniales.

Il redevint instantanément sombre :

— Comme ça, nous allons pouvoir nous occuper tranquillement de celui-là.

Liselotte contempla Boris, un sourire aux lèvres. Elle s'approcha de lui et posa sa main sur sa poitrine ruisselante. Ses doigts descendirent jusqu'à son sexe qu'elle flatta négligemment.

— J'aurais bien passé un moment avec lui, dit-elle rêveusement. Il est beau comme un dieu et en plus, je suis sûre qu'il baise divinement bien, ce salaud !

Elle haussa les épaules :

— Mais tu as raison, il vaut mieux en finir au plus vite avec lui.

Boris ne comprit pas plus cette dernière phrase que les précédentes. Mais ce qu'il venait de lire dans les yeux de Liselotte était clair. Ils étaient bien décidés à le torturer encore et encore.

Et le plus terrible c'est que Boris comprenait parfaitement que ses bourreaux n'avaient même plus besoin de leur alibi scientifique. Ils allaient s'acharner sur lui parce qu'ils étaient désormais prisonniers de leur délire.

Et ils le feraient jusqu'à ce que mort s'ensuive.

*
**

Quand la porte claqua sèchement derrière son dos, Aimé eut l'impression paniquante qu'on venait de refermer sa propre pierre tombale au-dessus de sa tête.

Une horrible certitude l'envahit brutalement : il n'avait plus que quelques secondes à vivre.

Quand il s'était retrouvé face à Liselotte Denstrup, devant le corps inanimé de Muriel, il avait compris que la lutte était vraiment trop inégale. Il avait beau être un homme, au courant d'un certain nombre de techniques de combat qui plus est, il ne faisait pas le poids. Au propre comme au figuré.

Même Boris aurait sans doute eu du mal à en venir à bout.

A cet instant, il avait maudit les règlements internationaux qui leur interdisaient, à eux, policiers, de se rendre en pays étranger avec leur arme.

Avec une agilité surprenante pour son âge et sa

corpulence, Liselotte avait fondu sur lui en poussant un véritable cri de fauve.

Aimé avait bien tenté de lui envoyer un coup de genou dans le bas-ventre, mais il n'avait réussi qu'à l'atteindre dans le gras de l'abdomen.

Ecumante de rage, le visage congestionné, Liselotte l'avait ceinturé avant de lui tordre violemment le bras droit dans le dos. Puis, avec une force irrésistible, elle l'avait poussé, centimètre par centimètre, en direction de l'enclos où les chiens hurlaient en plus en plus fort.

Et maintenant, la porte venait de claquer derrière lui.

Aimé était seul dans ce réduit sombre de trois mètres sur deux. Face aux deux molosses qui s'avançaient lentement vers lui, grondant, babines retroussées sur leurs formidables crocs.

Prêts à le dévorer.

Dans un réflexe dérisoire, Aimé se plaqua contre la porte de bois aux planches mal jointes entre lesquelles le vent passait en sifflant. Ils n'étaient plus qu'à un mètre cinquante de lui. L'estomac tordu par une trouille abominable, Aimé vit les muscles de leurs jarrets se tendre sous le poil lustré. Ils allaient bondir.

C'était la fin.

Le visage de Jeannette passa à toute vitesse devant ses yeux ; puis celui des jumelles ; enfin celui de son fils unique.

Et c'est là que le déclic se fit.

Il devait avoir à peu près l'âge de Charles quand il avait lu ce livre de la « Bibliothèque Verte ». L'histoire d'un gamin de Toulon qui découvrait la montagne. Et un jour, face à un chien de berger qui le menaçait, le gamin avait brusquement eu l'idée de génie de se mettre à quatre pattes et d'aboyer de toutes ses forces. Décontenancé, ne sachant plus s'il avait affaire à un humain ou à une bête inconnue de lui, le chien faisait demi-tour, laissant la vie sauve au petit Toulonnais ingénieux (1).

A l'époque, Aimé se souvenait très bien avoir à moitié cru à cette histoire.

Mais maintenant, face à ces deux gueules béantes, qu'est-ce qu'il risquait d'essayer ?

A la seconde précise où les monstres se ramassaient pour bondir, Aimé se jeta à quatre pattes sur le sol en terre battue et se mit à aboyer du plus fort qu'il le put.

Instantanément, les deux chiens s'immobilisèrent, les oreilles dressées, la tête légèrement penchée, observant avec une curiosité mêlée d'inquiétude cette étrange créature qui paraissait connaître leur langage.

Homme ou animal ? Comment savoir ?

Les lunettes d'Aimé tombèrent à terre, mais il n'y prit pas garde. Il fallait qu'il continue de gueuler à s'en faire péter les cordes vocales. Il le fallait.

Les deux énormes bêtes s'approchèrent de lui à pas mesurés. Pour le flairer.

Hurlant intérieurement de trouille, Aimé sentait leur souffle chaud sur son visage.

Il voyait, à quelques centimètres de ses yeux, leurs crocs formidables.

(1) « Truc » absolument authentique… et efficace !

Et il continuait d'aboyer. Tout en se rendant compte qu'il ne tiendrait plus longtemps.

Il s'épuisait. Ses aboiements se faisaient déjà plus faibles.

Et les chiens continuaient de tourner autour de lui, l'observant d'un air indécis.

Au bout d'une minute qui lui parut une éternité, Aimé sentit que sa voix allait le trahir. Que dans quelques secondes, il ne serait plus capable de proférer le moindre son.

Et alors...

Soudain, au moment même où Aimé allait se résigner, l'un des deux molosses émit un petit couinement et, tournant les talons, alla se coucher au fond du chenil, la tête entre ses pattes repliées. Immédiatement, son compagnon alla le rejoindre et resta prostré dans la même position.

Sans cesser d'aboyer, jetant ses dernières forces dans la bagarre, Aimé ramassa ses lunettes à tâtons. Le plus lentement possible, il se redressa sur les genoux.

Continuant de faire face aux chiens, il glissa deux doigts entre les planches de la porte et parvint, après deux essais infructueux à faire sauter le loquet de fer rouillé.

Immédiatement, il se rua dehors.

Effectuant un rapide rétablissement, il se jeta sur la porte pour la refermer avant que les bêtes ne réalisent qu'elles s'étaient fait piéger et ne se lancent à l'assaut.

Quand il fut hors de danger, Aimé s'aperçut alors qu'il tremblait de tous ses membres.

Il se laissa tomber dans l'herbe haute, le souffle court, la sueur aux tempes. Il porta les mains à sa poitrine pour tenter de combattre les battements de son cœur.

En quinze ans de service à la Brigade Mondaine, il avait déjà fréquenté la mort. Mais jamais d'aussi près. Même Boris ne...

Boris !

Aimé se releva d'un bond. Pas une fois, depuis son combat avec Liselotte, il n'avait eu le temps de penser à sa flèche. Mais maintenant qu'il y réfléchissait, il était à peu près sûr d'une chose : Boris était tombé entre leurs mains et c'était à lui, Aimé Brichot, d'essayer de le tirer de là.

Si ce n'était pas déjà trop tard.

CHAPITRE XIV

Boris se mordit les lèvres jusqu'au sang. Volontairement. Ça aussi c'était un truc qu'on lui avait appris : remplacer une douleur subie par une autre, volontaire. Beaucoup moins difficile à supporter psychologiquement.

Le jet d'eau glacée s'interrompit. Boris banda tous ses muscles en attente de ce qui allait suivre.

Il eut le temps de compter mentalement jusqu'à cinq avant que l'eau bouillante ne l'atteigne de plein fouet.

Cette fois, il eut du mal à retenir un cri de douleur. Lentement, inexorablement, il sentait que ses forces diminuaient, que sa volonté s'amenuisait.

— Mais il est pas possible, ce type ! rugit Liselotte que la résistance exceptionnelle de Boris plongeait dans une rage folle. Augmente la puissance du jet : il faut en finir, maintenant !

Boris eut l'impression qu'on lui perforait l'estomac avec un pic d'acier chauffé à blanc. Par un effort surhumain de volonté, il parvint à ne pas ouvrir la bouche et à refouler en lui le hurlement qui montait à ses lèvres.

Ramassant ses dernières forces, il concentra toutes ses pensées, toute son énergie, sur le visage de sa vieille mère qui devait penser à lui, dans sa maison d'Audierne. Sa mère, douce et patiente, qui était sans nouvelles de son fils depuis…

Depuis combien de temps ?

Boris ne savait plus. Même le visage de sa mère se brouillait, se diluait dans la douleur atroce qui le torturait. Il n'avait plus qu'une certitude.

Pour lui, le compte à rebours était commencé.

A demi courbé, Aimé franchit en courant les quelque dix mètres qui séparaient le chenil de la grande maison de bois. Il s'accroupit derrière un gros tonneau de fer à moitié rouillé, priant pour que personne ne l'ait aperçu de l'unique fenêtre donnant sur le côté de la maison.

Dans le chenil, les deux chiens hurlaient comme des possédés, furieux de s'être laissé piéger, frustrés de leur festin.

Sans se relever, Aimé tourna prudemment le coin de la maison pour inspecter la façade arrière, celle qui donnait sur la muraille. Trois fenêtres à l'étage dont l'une grande ouverte, et deux portes de bois peintes en vert vif.

A pas de loup, Aimé s'approcha de la première et s'accroupit. Du petit espace d'environ deux centimètres qui séparait la porte du sol s'échappait une odeur caractéristique de linge propre, encore chaud et humide.

« La lingerie », songea-t-il.

Il allait ouvrir la porte quand des cris furieux de

femme lui parvinrent à travers le bois. Un énorme rire d'homme s'y mêla aussitôt.

Bientôt, ils s'apostrophèrent violemment dans un jargon incompréhensible.

Aimé reconnut la voix de Liselotte. Il n'était pas très difficile de deviner que l'homme était son mari, Olaf Denstrup. Manifestement, ils en avaient après quelqu'un.

Aimé soupira : qui pouvait bien être ce quelqu'un, à part Boris, son vieil ami ?

Son premier réflexe fut de se précipiter contre la porte et de se ruer à l'intérieur. Il se retint à temps : s'il se faisait reprendre, c'était leur dernier espoir de s'en tirer qui disparaissait.

Mieux valait ne frapper qu'à coup sûr.

A regret, Aimé continua sa progression silencieuse en direction de l'autre porte.

Fermée à clé.

Il se pencha pour examiner la serrure. Il eut une moue satisfaite et sortit une lime à ongle de la poche intérieure de sa veste qu'il engagea délicatement dans l'ouverture. Puis, s'efforçant d'oublier les règles de déontologie qu'on lui avait apprises à l'Ecole nationale de police de Cannes-Ecluse, près de Montereau, il commença à titiller le mécanisme déclenchant l'ouverture.

Une rafale de vent encore plus violente que les autres fit voler les rares cheveux qui lui restaient. Au-dessus de sa tête s'amoncelaient des nuages de plus en plus compacts et sombres. Sans doute rendues nerveuses par l'approche de l'orage, les mouettes poussaient maintenant des cris stridents.

Aimé poussa un soupir de soulagement quand le déclic se produisit. Aussitôt, la porte s'entrebâilla avec un grincement huileux qui lui fit passer des frissons dans le dos. Il fit une rapide prière muette pour que le bruit n'ait attiré l'attention de personne.

Par prudence, il attendit encore quelques secondes avant d'entrer.

Quand ses yeux se furent habitués à la pénombre, il avança dans l'étroit couloir qui s'ouvrait devant lui, en faisant attention de ne pas faire craquer les semelles de ses Churchs. Trois portes donnaient sur ce couloir, deux à droite, une à gauche.

Avec des précautions infinies, il poussa le loquet de celle de droite qui se trouvait la plus proche de lui et s'immobilisa, cloué sur place par la surprise.

Juste devant lui, au milieu de la pièce spacieuse où il venait d'entrer, était enchaînée une jeune femme d'origine asiatique, entièrement nue, qu'Aimé reconnut instantanément : c'était l'une des quatre prostituées recrutées par petites annonces, l'une des deux qui étaient passées entre les mains de madame Martine. Les yeux révulsés, le teint apoplectique, elle suffoquait.

Négligeant toute précaution, Aimé se précipita vers elle, comprenant qu'elle était en train d'étouffer à cause de la tension que son propre poids infligeait à sa cage thoracique.

Attrapant ses cuisses maigres entre ses bras, il la souleva d'une dizaine de centimètres. Aussitôt, l'air se rua dans les poumons de Song qui se mit à haleter avec un sifflement rauque.

Tout en la soutenant, Aimé regardait désespérément autour de lui, à la recherche d'une solution.

Enfin il s'aperçut que la Vietnamienne était accrochée au plafond par deux poulies, dont le système était commandé par une grosse poignée métallique située à gauche de la porte d'entrée.

Avec précaution, il laissa retomber Song. Celle-ci, qui commençait à retrouver son souffle, poussa un petit cri de désespoir en se sentant de nouveau crucifiée.

— Prenez patience, mademoiselle, bafouilla Aimé, confus de lui infliger ce nouveau supplice. Je vais vous délivrer....

Il tourna rapidement la poignée vers la gauche. Sans un grincement, les poulies se mirent en mouvement et Song se retrouva étendue sur le carrelage lisse et glacé, le corps agité de sanglots.

Un peu gêné par sa complète nudité, Aimé la retourna sur le dos. Il lui attrapa les poignets et lui étendit les bras vers l'extérieur avant de les replier sur son corps. Dix fois de suite. Les mouvements de secourisme de base qu'il n'avait jamais oubliés.

Rapidement, un semblant de couleur revint aux pommettes de Song. Elle trouva même la force de sourire faiblement à son sauveur.

— Mademoiselle, dit Aimé d'un ton suppliant, il faut absolument que vous m'aidiez. N'ayez pas peur, je suis de la police. La police française, vous comprenez ?

Une lueur de soulagement passa dans les yeux sombres de Song et elle hocha la tête.

— Seulement, poursuivit Aimé en s'efforçant de ne pas hausser le ton, pour nous tirer de là, j'ai besoin de vous. Savez-vous s'il y a une arme dans cette maison ?

— Oui... murmura-t-elle dans un souffle. Un jour, il nous a menacées. C'était tout au début... On venait d'arriver... Adeline et Muriel ne voulaient pas...

— Où ? la coupa anxieusement Aimé. Essayez de vous souvenir où ça s'est passé. Je vous en prie, c'est une question de vie ou de mort !

Les minces sourcils de Song se plissèrent sous l'effort qu'elle faisait pour tenter de rassembler ses idées. Au bout d'une minute, qui parut un siècle à Aimé, son visage s'éclaira d'un sourire.

— Dans le bureau, articula-t-elle avec difficulté. A l'étage...

— Est-cc que vous vous sentez la force de me montrer le chemin ? demanda Aimé qui ne se voyait pas en train d'explorer une à une toutes les pièces de la maison.

— Je crois que ça va aller, répondit-elle, la voix déjà plus ferme. Si vous me soutenez.

— Où sont vos vêtements ?

Song eut un geste las :

— Je n'en sais rien, mais ça n'a pas d'importance, au point où j'en suis...

Le visage d'Aimé s'empourpra quand Song appuya ses petits seins contre sa poitrine pour se mettre debout. Tandis qu'elle passait son bras autour de son cou, il l'attrapa fermement par sa taille incroyablement fine. Ensemble, ils sortirent du laboratoire.

— Par là, dit simplement Song en désignant la porte qui leur faisait face.

Il leur fallut au moins cinq minutes pour gravir,

accrochés l'un à l'autre, les deux escaliers, celui qui menait au rez-de-chaussée et le second qui montait au premier.

Sur le palier carré, recouvert de papier peint à minuscules fleurs mauves, Song désigna la porte de droite, entrouverte.

En pénétrant dans le bureau d'Olaf Denstrup, Aimé eut le souffle coupé. Par la fenêtre ouverte, le vent s'engouffrait par rafales qui se succédaient sans interruption avec une rare violence, charriant une fade odeur d'embruns.

Soutenant toujours Song, il l'installa dans un fauteuil et se dirigea vers la grande table de travail encombrée de papiers que le vent avait dispersés.

Il contourna le meuble avec précipitation et poussa un gros ouf de soulagement : dans un des tiroirs resté ouvert, à demi enveloppé dans une peau de chamois beige, se trouvait le Colt 45.

Il s'en saisit avec un véritable sentiment de délectation. Rapidement, il vérifia si un chargeur s'y trouvait. Oui. Avec six balles à l'intérieur.

Il se tourna vers Song qui s'accrochait désespérément au bord du bureau pour ne pas tomber.

— Installez-vous dans ce fauteuil et attendez-moi, dit-il d'une voix ferme. Et surtout, quoi qu'il arrive, ne bougez pas !

Elle le regarda avec des yeux où la peur se mêlait à l'admiration :

— Qu'est-ce que vous allez faire ? murmura-t-elle.

Aimé ne répondit pas, occupé qu'il était à ôter

le cran de sécurité du pistolet et à faire monter une balle dans le canon.

Il allait faire la seule chose raisonnable qui lui restait à faire en l'occurrence.

Passer à l'attaque.

CHAPITRE XV

Aimé redescendit les escaliers quatre à quatre. Il fit une halte au rez-de-chaussée et tendit l'oreille.

Aucun bruit à cet étage. Juste le cri des mouettes et le mugissement du vent, à l'extérieur, qui filait entre les murailles de la falaise.

Aimé hésita un moment entre sortir tout de suite, ou repasser par le sous-sol. Il choisit la deuxième solution parce qu'il connaissait déjà les lieux.

Il passa devant le labo sans s'arrêter et sortit à l'air libre, à l'arrière de la maison, juste au moment où les premières gouttes de pluie commençaient à frapper le sol.

De derrière la porte de la lingerie ne lui parvenaient plus que des grognements sourds et des bruits d'eau qu'il ne parvenait pas à identifier.

Soudain un cri jaillit qui lui glaça le sang.

La voix de Boris.

D'un même mouvement, Aimé poussa le loquet pour dégager le pêne et donna un violent coup de pied dans la porte qui fut rejetée contre le mur intérieur.

En une infime fraction de seconde, il enregistra toute la scène : Boris enchaîné au mur, le corps écarlate, la tête pendant sur la poitrine ; Olaf Denstrup debout, une lance d'incendie dans les mains ; Liselotte à côté de lui.

D'un bond, il sauta au milieu de la pièce et s'immobilisa, pieds écartés, genoux fléchis, les deux mains serrées sur la crosse du Colt 45 tenu à bout de bras devant lui, bien à l'horizontale.

— Le premier qui fait semblant de respirer, je le descends ! hurla-t-il.

Liselotte et Olaf se retournèrent d'un même mouvement et poussèrent ensemble un rugissement de colère.

Olaf ébaucha un geste comme pour se ruer en avant, mais il se ravisa. Malgré sa carrure de gringalet mal nourri, ce petit Français avait l'air de tout sauf d'un plaisantin.

— On va mettre gentiment les mains en l'air, comme dans les films policiers, continua Aimé d'une voix plus calme. Maintenant, on va marcher lentement jusqu'au mur. Non, pas celui-là : celui d'en face pour que je ne vous perde pas de vue. Là, à la bonne heure ! A présent, on se retourne, on pose les mains à plat sur le mur, bien haut au-dessus de sa tête, on recule les pieds et on les écarte au maximum. Voilà, impeccable. Et surtout, on ne bouge pas !

Sans les quitter du regard, Aimé se précipita vers Boris qui revenait lentement à lui.

— Mon pauvre vieux frère, qu'est-ce qu'ils t'ont fait subir ces malades ?

Boris trouva la force de sourire, tandis qu'Aimé

s'affairait sur ses liens d'une main, l'autre tenant toujours le pistolet :

— Ils ont tenu absolument à me faire prendre une douche. Tu connais le sens de la propreté, poussé jusqu'à la maniaquerie, de ces gens-là !

Aimé le regarda avec des yeux ronds :

— Plaisanter après ce que tu as subi ! Décidément tu ne peux pas te retenir de faire de l'épate...

Boris le regarda droit dans les yeux :

— En tout cas, il y a une chose qui n'est pas de l'épate, c'est que tu viens de me sauver la vie et que je ne l'oublierai pas de sitôt.

— Bah, laisse tomber, murmura Aimé, plus ému qu'il ne voulait bien le laisser paraître. Après tout, tu en as fait autant pour moi à Saint-Malo (1), alors disons qu'on est quittes. Bon, maintenant, qu'est-ce qu'on fait de ces deux lascars ?

Boris eut un petit sourire froid :

— Je crois qu'ils m'ont laissé juste assez de force pour m'en occuper moi-même...

La démarche encore hésitante, il avança vers les époux Denstrup qui lui tournaient le dos. Il s'arrêta juste derrière eux. Puis, saisissant leurs deux têtes entre ses mains, il les cogna de toute sa puissance l'une contre l'autre.

Le bruit mat résonna dans la pièce. Puis, Liselotte et Olaf s'écroulèrent avec un ensemble parfait, sans même avoir pu pousser un cri.

— Si j'avais su qu'il te restait autant d'énergie, dit Aimé d'un ton joyeux, je ne me serais pas

(1) Voir Brigade Mondaine n° 118 : *Ballets roses à Saint-Malo.*

autant pressé pour venir te délivrer ! Et la suite du programme, tu la vois comment ?

Boris, qui récupérait à une vitesse fulgurante, se frotta le menton :

— D'abord, on va ligoter ces deux-là pour qu'ils ne nous jouent pas un tour à leur façon.

— Avec quoi ?

— Avec ça, par exemple, fit Boris en sortant une pelote de corde à linge de la caisse de bois brut dans laquelle il était occupé à fouiller.

Il se chargea de ficeler Olaf, tandis qu'Aimé s'occupait de Liselotte.

— Bon, il nous reste à essayer de trouver les filles, à présent, dit Boris en se rhabillant à la hâte.

— J'en ai déjà trouvé une, répondit Aimé en tortillant la pointe de sa moustache. La Vietnamienne. D'ailleurs, quand tu la verras, tu pourras lui dire un grand merci : c'est grâce à elle que j'ai pu trouver le pistolet.

— Où est-elle ?

— En haut, dans le bureau d'Olaf. Hors de danger apparemment.

— Parfait. Dans ce cas, il ne nous reste qu'à trouver les trois autres, dit Boris en se précipitant vers la porte qui donnait vers l'intérieur.

Ils se retrouvèrent dans le couloir du sous-sol.

— Là, c'est une sorte de labo, le renseigna Aimé en lui désignant la porte de droite. C'est là que j'ai trouvé la Vietnamienne. Il n'y avait personne d'autre. Mais il y a au moins une autre fille quelque part dans la maison.

— Comment peux-tu en être sûr ?

— Parce que je l'ai vue débouler de la maison

complètement à poil et s'écrouler pratiquement à mes pieds.

Boris le regarda d'un air étonné :

— Et après, qu'est-ce qu'elle est devenue ?

Aimé remonta ses lunettes Amor sur son nez et se racla la gorge :

— Après, j'ai eu mes propres problèmes, figure-toi, et je n'ai pas eu le loisir de faire plus ample connaissance avec elle...

— Eh bien, essayons l'autre porte alors...

Ils pénétrèrent l'un derrière l'autre dans le sauna.

— Ce ne serait pas elle ta conquête d'un instant, par hasard ? demanda Boris en désignant Muriel qui gisait inanimée sur sa planche de bois.

— Tu as gagné, c'est elle, répondit Aimé en déposant le Colt 45 sur la petite table près de la porte, tandis que sa flèche s'agenouillait au chevet de la rousse et lui prenait le pouls.

— Tout à fait normal, dit-il en se relevant.

A ce moment, elle ouvrit les yeux et eut un mouvement instinctif de recul en voyant ces deux visages inconnus penchés sur elle.

— N'ayez pas peur, dit Boris d'une voix douce, nous ne vous voulons pas de mal, au contraire. Nous sommes des policiers français, nous sommes venus pour vous ramener chez vous...

Muriel le fixa avec de grands yeux écarquillés comme si elle ne comprenait pas les mots qu'elle venait d'entendre.

Et brusquement, elle éclata en sanglots.

Boris s'assit auprès d'elle et lui caressa doucement les cheveux et les épaules. Enfin, elle réussit à se calmer.

— Je croyais vraiment qu'on allait mourir dans ce trou à rats, murmura-t-elle en souriant à Boris à travers ses larmes. C'est un miracle que vous soyez venus...

Boris lui rendit son sourire :

— Votre amie vietnamienne est hors de danger elle aussi. Mais est-ce que vous savez où sont les deux autres ?

Muriel ferma les yeux, s'abandonnant à la caresse de Boris sur ses cheveux :

— Elles sont reparties il y a deux jours pour la France...

Boris fronça les sourcils. Il jeta un coup d'œil à Aimé, debout à côté de lui, dont le front barré d'un pli soucieux disait qu'il partageait les mêmes appréhensions que lui.

Qu'Olaf Denstrup ait pris le risque de remettre deux filles en liberté ne cadrait pas du tout avec la personnalité de dément qu'il avait dévoilée.

D'un autre côté, il pouvait très bien ne leur avoir fait subir que des « traitements » anodins. Dans ce cas, effectivement, en les laissant repartir librement, il éloignait de lui d'éventuels soupçons.

— Souhaitons que ce soit vrai, soupira Boris. En attendant, je crois que nous n'avons plus rien à faire en Norvège.

— Si, inspecteur Corentin, il vous reste une chose à y faire : mourir !

Boris et Aimé sursautèrent en entendant la voix qui venait de prononcer ces mots derrière leurs dos. Ils se retournèrent d'un bloc et restèrent cloués sur place par la stupeur.

Devant eux, un sourire sarcastique aux lèvres, les yeux brillant d'une lueur féroce, le Colt 45 abandonné par Brichot à l'entrée du sauna dans la main droite, la mèche blonde en bataille, dégoulinante de pluie, arborant toujours son impeccable costume de lin grège, devant eux se tenait Henri de Castelgricourt.

CHAPITRE XVI

— On lève les bras le plus haut possible et on n'essaie pas de jouer au petit soldat !

Boris et Aimé obéirent à l'injonction d'Henri. La gueule noire du pistolet était toujours braquée sur eux.

Henri les observa un long moment, un mauvais sourire aux lèvres.

— Je présume que je vous dois quelques explications, finit-il par dire d'un ton parfaitement calme. Ça vous évitera de mourir idiots...

Muriel, recroquevillée sur sa planche, dans le coin du mur, étouffa un sanglot.

— Je crois avoir pigé dans les grandes lignes, dit Boris d'une voix tranquille.

Henri eut un petit rire sec :

— Dans ce cas, je vous écoute...

— Vous étiez à peu près au courant des travaux du professeur Denstrup et l'idée vous est venue de vous les approprier...

— Ce n'étaient pas ses travaux, mais nos travaux ! corrigea Henri. Au début, nous collaborions étroitement. Et quand il n'a plus eu besoin de moi, il m'a jeté comme un fruit trop pressé !

— Bref, reprit Boris, vous avez décidé de récolter à sa place. Seulement, pour cela, encore fallait-il savoir où se trouvait le professeur, n'est-ce pas ? Coup de chance pour vous : il vous a contacté pour que vous lui trouviez des filles.

Henri opina, le pistolet toujours braqué sur Boris et Aimé :

— Exact. Seulement, j'ai eu un petit problème en arrivant avec elles à Oslo...

— Elles avaient un billet pour Tromsø et pas vous, reprit Boris. Et comme l'avion était complet, vous n'avez pas pu partir.

Henri le regarda d'un air surpris :

— Comment savez-vous ça ?

— Peu importe. Ce que je ne comprends pas bien, c'est pourquoi vous n'avez pas tout simplement pris le vol suivant.

Henri haussa les épaules :

— Ça n'aurait servi à rien. Et puis, une fois sur place, même si on avait accepté de me donner l'adresse de Denstrup à son usine, je risquais d'éveiller ses soupçons.

Son visage s'éclaira d'un sourire froid :

— C'est alors que j'ai repensé à Ghislaine. Car vous devez savoir que nous avons couché ensemble.

Boris le regarda droit dans les yeux :

— Je ne suis pas jaloux. En tous cas, pas d'un type comme vous.

Henri blêmit. Son index se crispa sur la détente du Colt 45, mais il réussit à se contenir. Il respira profondément avant de poursuivre :

— Figurez-vous que Ghislaine m'a fait des confidences sur l'oreiller. Elle a eu le culot de me dire qu'elle connaissait un type beaucoup plus doué que moi au lit. Un flic de la Brigade Mondaine, a-t-elle précisé.

Boris soupira intérieurement. Pourquoi donc les femmes éprouvaient-elles toujours ce besoin irrépressible de raconter leur vie à n'importe qui? Même Ghislaine en qui il avait une confiance absolue avait trouvé le moyen de le mettre dans un sacré pétrin par ses bavardages. Il se promit de lui passer un bon savon quand il la reverrait.

Si toutefois il se sortait de ce piège.

— Et en y repensant, dit-il à Henri, vous avez eu l'idée de me laisser tirer les marrons du feu et de me suivre. Je présume que la Volvo rouge identique à la nôtre qui nous filait le train à la sortie de Tromsø, c'était vous?

— Toujours exact. J'ai même eu peur d'être repéré à ce moment-là et je vous ai laissé prendre un peu d'avance. Mais peu importe, puisque je vous ai retrouvé.

Boris, dont les bras toujours levés commençaient à s'ankyloser, décida de poser la question :

— Et maintenant, que comptez-vous faire?

Les yeux d'Henri se plissèrent et lancèrent un bref éclair de joie sauvage :

— Très simple : je vais rafler toutes les notes prises par Denstrup sur ses travaux et partir avec.

— Et nous? hasarda Aimé.

Henri eut un petit rire sec :

— Vous? Je vais vous tuer, naturellement! Vous ne croyez quand même pas que je vais vous laisser repartir gentiment? Vous, les filles, Denstrup et sa femme : vous allez tous y passer!

Muriel enfouit son visage entre ses mains et éclata en sanglots.

— Voilà comment nous allons procéder, poursuivit Henri d'un ton froid, presque impersonnel. Je vais tous vous boucler dans le sauna pendant que je vais aller fouiller là-haut. Ensuite, je reviendrai vous descendre un par un...

Il fixa un regard dur sur Boris et sa bouche se tordit en un rictus de haine :

— Et j'aurai le plaisir de terminer par vous, monsieur le super-étalon !

Boris ne répondit pas, occupé à garder un regard aussi inexpressif que possible de façon à ce qu'Henri ne se doute de rien.

Derrière le dos de ce dernier, Song, entièrement nue, venait de surgir dans l'encadrement de la porte.

Song eut l'impression que son sang se figeait. Elle n'osait plus faire un mouvement, tétanisée de peur. Cet homme blond et d'une élégance parfaite, elle le reconnaissait, même de dos : c'était celui qui les avait recrutées par petite annonce et qui les avait accompagnées jusqu'à Oslo.

Mais pourquoi braquait-il une arme sur Muriel et sur les deux policiers ?

Song ne comprenait pas, mais elle était sûre d'une chose : ce petit flic moustachu et à moitié chauve lui avait sauvé la vie et elle devait faire quelque chose pour le tirer de là.

Tout reposait sur elle.

En priant pour qu'Henri ne se retourne pas, elle commença de reculer lentement, millimètre par millimètre. Elle avait l'impression que son cœur faisait un vacarme d'enfer dans sa poitrine.

Enfin, elle sortit de l'encadrement de la porte. Elle remonta l'escalier et se rua dehors.

La pluie torrentielle qui obscurcissait tout, noyait le paysage lui fouetta le visage et le corps. Mais Song n'y prit pas garde et se précipita vers l'une des deux Volvo rouges totalement identiques.

En priant pour que l'une au moins ait la clé de contact au tableau de bord.

Elle n'eut que l'embarras du choix : les deux y étaient.

Sans se soucier de sa complète nudité, elle sauta au volant de la voiture qui était la plus proche d'elle et démarra, en priant pour que le vacarme de l'orage suffise à couvrir le bruit du moteur.

Elle enclencha la première vitesse et s'engagea dans l'étroit chemin qui rejoignait la route de Narvik. Avec une seule idée en tête : trouver du secours, et vite.

Car elle comprenait que si elle échouait, les autres allaient tous mourir.

CHAPITRE XVII

— Et soyez sages, je reviens très vite !

Henri éclata de rire en refermant la porte du sauna à double tour. Ravi de sa plaisanterie.

Il allait s'engager dans l'escalier, mais il se ravisa. Mieux valait d'abord régler leur compte à Olaf et Liselotte.

Il marcha à grandes enjambées en direction de la lingerie dont la porte s'était refermée toute seule sous l'action du vent de plus en plus violent.

Olaf et Liselotte étaient toujours allongés à terre, ficelés par les bons soins d'Aimé et de Boris. Olaf était toujours inconscient, mais Liselotte était revenue à elle.

Elle regarda Henri entrer, sans marquer la moindre émotion :

— J'ai toujours dit à mon mari que vous nous feriez des ennuis.

— Eh bien, vous aviez raison, ricana Henri. Je vais même vous faire des ennuis extrêmes, si vous voulez le savoir !

Liselotte eut un pâle sourire :

— Je présume que vous avez l'intention de

nous tuer tous les deux et de vous emparer des notes d'Olaf ?

— Exactement !

A la grande surprise d'Henri, Liselotte éclata de rire :

— Mon pauvre ami ! Vous courez droit à la déception de votre vie...

Henri la dévisagea d'un œil soupçonneux :

— Expliquez-vous...

— C'est tout simple : depuis des années, c'est moi qui mets au propre les notes d'Olaf. Et comme j'ai toujours été d'un naturel méfiant, elles sont toutes codées. Il vous faudrait au moins cinquante ans pour vous y retrouver. Je doute que vous ayez la patience d'attendre aussi longtemps !

Henri s'approcha d'elle, le regard chargé de haine.

— Espèce de vieille salope, gronda-t-il, je saurai bien trouver le moyen de vous faire parler.

Liselotte soutint son regard :

— N'y comptez pas. Personne n'a jamais pu me faire plier, ce n'est pas un jeune freluquet comme vous qui va commencer !

Liselotte parvint à se redresser à moitié malgré ses liens et s'appuya le dos au mur.

— Ecoutez-moi, Henri, dit-elle d'une voix parfaitement maîtresse d'elle-même, j'ai une proposition à vous faire. Nous avons intérêt à nous associer, vous et moi. Je connais tout des travaux de mon mari, pas vous. En revanche, vous êtes neurologue comme lui et vous seul pouvez les mener à bien. Car vous devez savoir qu'il y a encore quelques détails à régler.

Henri laissa son regard errer sur les murs

blanchis de la lingerie. Ses sourcils froncés trahissaient l'intensité de sa réflexion.

— C'est envisageable, finit-il par murmurer. Mais qui me prouve que vous n'essaierez pas de me fausser compagnie ?

Liselotte haussa les épaules :

— Quel intérêt aurais-je à le faire ? En admettant même que je parvienne à mettre la formule au point toute seule, personne ne croira, dans le monde scientifique, qu'une simple infirmière ait pu faire ça sans aide.

Henri se frotta le menton, les yeux dans le vague.

— Ça se tient, finit-il par dire. Et qu'est-ce qu'on fait du professeur, dans ce cas ?

Le visage de Liselotte s'éclaira d'un sourire cruel :

— Il n'y a qu'à faire ce que vous aviez prévu initialement : le tuer.

Henri la contempla avec stupeur :

— Vous voulez que je tue votre mari, c'est bien ça ?

— Il ne nous sert plus à rien, non ? répondit Liselotte sans émotion. Alors pourquoi s'en encombrer ? Tuez-le !

Une lueur d'admiration passa dans les yeux d'Henri.

— Vous êtes une sacrée bonne femme, murmura-t-il. Je crois que nous allons faire de grandes choses ensemble...

Il se retourna vers Olaf, toujours inconscient. Sans hésiter, il abaissa son bras, le pistolet pointé vers sa victime.

Il pressa la détente. La balle fracassa la mâchoire d'Olaf et alla se ficher dans le mur.

La douleur le tira brutalement de son inconscience et il se mit à hurler en se débattant dans ses liens comme un forcené.

— Imbécile ! siffla Liselotte. Même pas capable de tuer un homme immobile à deux mètres. Mais achevez-le, bon dieu !

Le visage livide, Henri tendit de nouveau le bras et pressa la détente.

Cette fois, la balle entra par la narine gauche et ressortit par le haut du crâne. Après avoir réduit le cerveau en bouillie. Olaf eut un petit sursaut et ne bougea plus.

Mort.

— Très bien, fit Liselotte, d'un ton égal. Maintenant, détachez-moi et montons dans son bureau.

Henri hésita une seconde. Le sang-froid incroyable de Liselotte commençait à lui faire peur.

— Si vous me laissez ficelée ici, poursuivit-elle aussi calmement, vous aurez fait tout ça pour rien. Décidez-vous...

Henri s'ébroua comme s'il sortait d'un mauvais rêve. Il décrocha le sécateur qui pendait au mur et s'agenouilla derrière Liselotte pour trancher ses liens.

— Très bien, fit-elle en se massant les poignets endoloris. Maintenant, suivez-moi...

***

Le cœur de Song battait à tout rompre.

Cela faisait un bon quart d'heure qu'elle roulait

en direction de Narvik et elle n'avait croisé personne.

« Il faut absolument que l'on fasse quelque chose, se répétait-elle sans cesse. Il faut que je les sauve ! »

Par moments, la route sinueuse se rapprochait du fjord, offrant une vue magnifique sur les eaux vertes fouettées par la pluie qui ne cessait pas.

Soudain, au sortir d'un virage, Song poussa un cri. La voiture qui venait de la croiser portait, en grosses lettres vertes peintes sur le flanc, l'inscription *Politi*.

Des flics.

Sans réfléchir au danger, elle fit une brusque embardée sur le bas-côté, écrasant quelques minuscules fleurs mauves au passage.

Puis, elle donna un violent coup de volant à gauche. Les pneus glissèrent sur la route trempée. La voiture partit en tête à queue et Song donna un coup de volant dans l'autre sens. Après quelques glissades, la Volvo se remit en ligne.

Song écrasa l'accélérateur.

Une minute plus tard, elle doublait en catastrophe la voiture de police en donnant de grands coups d'avertisseur. Elle s'arrêta sur le bas-côté dix mètres plus loin.

Elle poussa un profond soupir en voyant trois policiers, deux hommes et une femme, jaillir de la voiture et se précipiter vers elle.

Enfin de l'aide...

***

— Prenez aussi le carnet noir à votre droite. Ce sont des notes annexes mais qui peuvent avoir leur importance lors de la mise au point définitive de la bétazynotroline.

Henri obéit à l'ordre de Liselotte et glissa le carnet dans l'épaisse mallette de cuir fauve dont l'ouverture était commandée par un code à cinq chiffres.

— Vous êtes sûre que nous avons tout? demanda-t-il en jetant un regard circulaire autour de lui.

— Absolument, affirma Liselotte. Maintenant, il ne nous reste plus qu'à nous occuper des autres.

— Qu'est-ce que vous suggérez ?

Liselotte eut un mince sourire :

— C'est tout simple : on les tue, on embarque les cadavres dans le bateau et on va les larguer au milieu du fjord avec suffisamment de poids aux pieds pour qu'ils ne remontent jamais.

— Vous ne croyez pas qu'il...

— Merde !

Henri s'interrompit à l'exclamation de Liselotte, plantée devant la fenêtre.

— Qu'est-ce qui vous arrive ?

— Les flics, répondit Liselotte d'une voix blanche. Ils viennent ici ! Il faut filer tout de suite.

Henri leva les bras au ciel :

— Mais on ne peut pas laisser les autres vivants derrière nous !

Liselotte fit brusquement demi-tour et l'empoigna par les revers de sa veste. Ses yeux durs lançaient des éclairs déments et Henri eut brusquement peur.

— Ecoutez-moi bien, siffla-t-elle. Ils viennent par la route de Narvik. A l'allure où ils roulent, ils seront là dans cinq minutes maximum. Ça nous laisse juste le temps de sauter dans la voiture et de filer par Bjerkvik. Là on attrape le ferry de dix-sept heures trente.

— Et après ?

— On quitte le pays. Je sais comment faire. Dépêchez-vous, chaque seconde compte !

Elle s'élança dans l'escalier, suivie par Henri qui portait la précieuse mallette sous son bras droit. Liselotte traversa la véranda à toute vitesse et sortit sous la pluie battante. Elle courut vers le côté gauche de la maison. Le long du mur était stationnée la Mercedes 300E.

Elle s'assit côté passager, désignant le volant à Henri qui jeta la mallette sur le siège arrière et coinça le Colt 45 entre ses cuisses.

C'était exactement le moment qu'attendait Liselotte.

Elle bondit en avant avec un cri sauvage.

Avant qu'Henri ait pu esquisser le moindre geste, l'arme était dans les mains de Liselotte.

Elle braqua le pistolet sur lui.

— Le voyage est terminé en ce qui vous concerne, ricana-t-elle. Descendez !

— Qu'allez-vous faire ? balbutia Henri, pâle comme un mort.

— Exactement ce que nous avions prévu... mais seule ! Pour la dernière fois, descendez, ou je vous abats comme un chien !

Les jambes flageolantes, Henri descendit de la Mercedes. Tandis que Liselotte s'installait au volant, il commença à courir dans la boue en direction de la maison.

Il ne l'atteignit jamais.

Il entendit d'abord le claquement sec de la détonation.

Puis, tout de suite après, il ressentit une violente douleur dans les reins.

Ses jambes se dérobèrent sous lui et il s'écroula. Tout se mit à tourner à une vitesse folle autour de lui.

Enfin, tout devint noir et il ne sentit plus rien.

*
**

La porte du sauna s'ouvrit à la volée.

Boris poussa un ouf de soulagement en voyant trois policiers faire irruption dans la pièce, arme au poing, escortés de Song dont les épaules étaient recouvertes d'une couverture écossaise.

Aussitôt, Boris se précipita au-devant d'eux et s'adressa en anglais au sergent, un grand blond très mince qui ne devait pas avoir trente ans.

— Avez-vous croisé une voiture en arrivant ? Je suis sûr de l'avoir entendu partir...

Song s'avança vers lui, le visage très pâle.

— En tout cas, dit-elle, si quelqu'un est parti, ce n'est pas Henri : il est étendu devant la maison, une balle dans les reins.

Boris en resta un quart de seconde interdit. Mais alors qui ? Pris d'une soudaine inspiration, il bouscula à moitié les policiers norvégiens et se rua dans la lingerie.

Il comprit tout de suite en voyant les liens de Liselotte tranchés et le corps sans vie d'Olaf.

Il se précipita dehors, sachant déjà ce qu'il allait trouver. Ou plutôt ne pas trouver : la Mercedes qu'il avait aperçue le long du mur en arrivant.

A toute vitesse, il repassa par le sauna.

— Je vais essayer de la rattraper! cria-t-il à Aimé sans préciser davantage, sachant qu'il comprendrait parfaitement. Arrange-toi avec nos collègues pour qu'ils obtiennent des renforts si ce n'est pas encore fait.

Il se tourna vers Song :

— Vous êtes arrivés par où ?

— Par la route de Narvik, dit-elle sans hésiter.

Le cerveau de Boris tournait à six mille tours.

— Donc, réfléchit-il à haute voix, si vous n'avez croisé personne, c'est que Liselotte est partie vers Bjerkvik.

Il regarda le sergent norvégien qui essayait de comprendre ce qui se passait :

— Voyez avec mon collègue, dit-il en fonçant vers la porte, il est au courant de tout!

Il se rua à l'extérieur et sauta dans la Volvo la plus proche. Il démarra en trombe, faisant patiner les roues dans la boue de plus en plus épaisse.

A la sortie du petit chemin, il obliqua à gauche, en direction de Bjerkvik. Les yeux braqués sur l'asphalte fouetté par l'orage, les mains crispées sur le volant, il enfonça l'accélérateur.

La chasse commençait.

*
**

Liselotte jeta un coup d'œil inquiet dans son rétroviseur. Le point rouge grossissait à vue d'œil. Un point qui ne pouvait être qu'un seule chose : l'une des deux Volvo qui étaient garées devant la maison.

En clair, cela voulait dire qu'on l'avait prise en chasse.

Mais qui ?

Pas la police norvégienne qui aurait utilisé sa propre voiture.

Pas Henri non plus, évidemment.

Alors il ne restait plus que ce flic français beau comme un dieu et qui avait l'air d'être tout sauf un imbécile.

Liselotte jura entre ses dents. Elle aurait mieux fait de le supprimer quand il était à sa merci, celui-là. Parce qu'il était évident que c'était lui le plus dangereux de tous.

Elle accéléra encore et la Mercedes bondit en avant. Mais la route étroite était très sinueuse et elle ne pouvait pas rouler beaucoup plus vite sans prendre le risque d'aller se jeter dans le fjord.

La Volvo, en revanche, continuait de se rapprocher, abordant chaque virage avec une trajectoire impeccable, ne perdant quasiment pas de vitesse, et repartant de plus belle dans les courtes lignes droites. Et tout ça sur route mouillée.

Enfin, Liselotte poussa un soupir de soulagement. Là, devant elle, adossée à un pic rocheux qui semblait vouloir repousser les maisons rouges et blanches dans la mer, se trouvait la petite rade du port de Bjerkvik.

Quatre chalutiers, rigoureusement identiques avec leur coque mi-blanche, mi-chêne clair, étaient amarrés à l'embarcadère de droite, le plus petit.

Sur l'autre embarcadère, le ferry de dix-sept heures trente s'apprêtait à partir pour Narvik.

Liselotte consulta la montre du tableau de bord.

Dix-sept heures vingt-huit. C'était parfait. Elle avait juste le temps de monter à bord et ce damné flic français, lui, ne le pourrait pas. Après, elle aviserait.

Elle empoigna sa mallette, y rangea le pistolet et sortit de la voiture.

*
**

Boris retint le juron qui lui montait aux lèvres. La vieille Volkswagen qui roulait en plein milieu de la route semblait ne rien voir des appels de phares désespérés qu'il lui faisait. Enfin, aux premières maisons de Bjerkvik, sagement alignées au bord de la route, la Volkswagen tourna à gauche, laissant le champ libre à Boris.

Il accéléra autant que le coupé Volvo le lui permettait. Mais la Mercedes avait disparu de son champ de vision. Où pouvait-elle être passée ? A travers le rideau de pluie qui continuait de tomber, Boris cherchait désespérément à l'apercevoir.

Soudain, la route se divisa en deux. La branche de gauche, bordée de chalets clairsemés, partait vers la campagne. L'autre, plus animée, avec des restaurants et des boutiques multicolores, descendait en serpentant jusqu'au petit port enserré dans le roc.

Suivant son instinct, Boris décida de descendre. Quelques centaines de mètres plus bas, la route se terminait en une petite place ronde entourée de hangars, tous d'une propreté impeccable.

Boris poussa une exclamation de joie en reconnaissant la Mercedes, garée à la diable, pratiquement au bord de l'eau. Il donna un grand coup de freins, faisant déraper ses pneus sur le pavé luisant.

Il jaillit de la voiture et regarda autour de lui. Battu par la pluie, le quai était désert, à l'exception de deux hommes, sur la gauche, occupés à colmater une brèche dans la coque d'un chalutier couché sur le flanc.

Boris courut jusqu'à eux.

— Est-ce que vous avez vu une grande femme blonde ? demanda-t-il en anglais.

Les deux hommes, visiblement le père et le fils, se regardèrent, puis reportèrent leur attention sur Boris avec un sourire navré.

Visiblement, ils ne parlaient que le Norvégien.

De plus en plus tendu, Boris leur désigna la Mercedes toute proche, puis, avec ses deux mains, dessina dans l'air des courbes féminines. Langage international.

Les deux visages du père et du fils s'éclairèrent en même temps. Le plus jeune tendit le bras vers la gauche. Boris suivit des yeux son doigt tendu.

A cent mètres de là, on venait de replier la passerelle du petit ferry qui quittait doucement l'embarcadère.

Tel un fauve, Boris bondit en avant. Coudes au corps, il se mit à courir à une vitesse folle.

Quand il arriva au bout de l'embarcadère, le ferry était déjà à cinq mètres du bord. Sur le pont, une famille de six personnes, toutes vêtues de cirés jaune vif, regardaient avec étonnement cet homme brun courir vers l'eau.

Boris n'hésita pas une seconde, ne ralentit même pas. D'une détente prodigieuse, il s'élança dans le vide.

Ses mains se raccrochèrent de justesse au bastingage tandis qu'il lançait ses pieds en avant pour amortir le choc de son corps contre la coque du bateau. Il rebondit sur la paroi métallique puis, d'un puissant coup de reins, il chassa ses jambes sur le côté avant de les projeter au-dessus du garde-corps et parvint à atterrir sur le pont, au terme d'une voltige incroyable digne d'un champion de cheval d'arçon !

A ce moment précis, il entendit une détonation sèche et une balle miaula à son oreille gauche.

Instinctivement, il roula sur le côté, puis se redressa avec une rapidité foudroyante, au milieu des cris de panique des voyageurs affolés par le bruit du coup de feu.

A dix mètres de lui, sur le pont luisant de pluie, le Colt 45 encore fumant dans la main, le visage méconnaissable de haine, Liselotte Denstrup lui faisait face.

Boris allait bondir vers elle. Comme si elle avait prévu sa tentative, Liselotte fit un saut à droite et se retrouva tout à côté de la famille en cirés jaunes.

D'une poigne brutale, elle attrapa le bras du plus grand des enfants dont le capuchon tomba, révélant de superbes cheveux blonds très longs. C'était une petite fille d'une dizaine d'années dont les yeux bleus paraissaient immenses dans son visage un peu trop maigre.

En se sentant happée par Liselotte, elle poussa un cri de frayeur.

— *Mor ! mor !* (1)

(1) Maman ! maman !

Sans réfléchir, uniquement poussée par son instinct maternel, la mère se précipita pour porter secours à sa fille. Mais Liselotte la stoppa net :

— Ne bouge plus, connasse ! aboya-t-elle en norvégien, sinon je fais sauter la cervelle de ta môme !

Tétanisée par l'horreur, la mère s'immobilisa. Elle resta un moment figée comme une statue, puis, brusquement, s'effondra en sanglots sur le pont détrempé.

Liselotte appliqua le canon de son pistolet sur la tempe de la gamine en la maintenant solidement contre elle comme un bouclier. La petite ne disait rien, mais de grosses larmes coulaient sans arrêt sur ses joues émaciées. Au-dessus de leurs têtes, comme si elles sentaient le drame qui se nouait, les mouettes poussaient des cris de plus en plus stridents et volaient en tous sens.

Liselotte se retourna vers Boris :

— Tu as compris, sale flic ? hurla-t-elle en anglais. Si tu fais un pas, je bute la gamine !

Boris réfléchissait à toute vitesse. Aimé lui avait dit avoir vérifié le chargeur. Six balles.

Quand il était enfermé dans le sauna, Boris avait entendu deux détonations en provenance de la lingerie.

Plus que quatre balles.

Ensuite, Song lui avait dit qu'Henri avait reçu un coup de feu dans les reins.

Trois balles.

Liselotte lui avait tiré dessus quand il était monté sur le pont du ferry.

Deux balles.

Quel que soit le danger, il devait absolument

débloquer rapidement la situation. Déjà, la panique commençait à se répandre comme le feu sur une traînée de poudre parmi les voyageurs. Les bras tendus droit devant elle, une femme poussait des cris suraigus, tandis qu'un homme qui devait être son mari essayait vainement de la calmer.

Plus loin à droite, un type d'une cinquantaine d'années venait d'enjamber le bastingage et de sauter à l'eau, aussitôt imité par deux autres hommes et une femme aux cheveux châtains coupés très courts.

Si l'affolement continuait de grandir, Liselotte risquait de perdre les pédales et de déclencher un carnage. D'autant que Boris avait suffisamment l'habitude de ce genre de personnage pour savoir que désormais enfermée dans sa folie, elle irait jusqu'au bout de son délire quoi qu'il puisse se passer.

Il prit une profonde inspiration, décidé à tenter le tout pour le tout.

Même si ça lui paraissait complètement dingue.

Faisant un pas latéral sur la gauche, il attrapa deux épais gilets de sauvetage en liège, semblables à ceux utilisés sur la plupart des bateaux norvégiens, qui pendaient à une barre de fer horizontale.

Il les plaça sur sa poitrine, contre son blouson Perfecto fermé. Juste à ce moment-là, quatre voitures de police débouchèrent toutes sirènes hurlantes sur le port et s'immobilisèrent dans un concert de chuintements mouillés.

Aimé avait su convaincre le sergent de trouver des renforts.

Boris soupira. Malheureusement, pour l'instant, ils étaient totalement impuissants. Il n'y avait que lui qui pouvait tenter quelque chose.

Il commença de s'approcher lentement de Liselotte sans la quitter des yeux. En se disant que s'il calculait mal son coup, il serait mort dans quelques secondes.

Dès qu'elle le vit avancer, Liselotte poussa un véritable rugissement :

— Je t'ai dit que je la tuerais si tu bougeais ! Je te préviens, j'en suis tout à fait capable.

Boris n'en doutait pas une seconde. Il s'arrêta et se racla la gorge :

— Liselotte, cria-t-il pour essayer de couvrir les cris des passagers, de plus en plus épouvantés par le drame qui se jouait sous leurs yeux, et les hurlements stridents des mouettes qui semblaient prises d'hystérie. Liselotte, tu es fichue et tu le sais bien. Essaie de réfléchir.

— Réfléchir à quoi ? hurla-t-elle d'une voix de plus en plus haut perchée.

— A ceci, répondit Boris en s'efforçant au calme pour ne pas déclencher une catastrophe : je sais qu'il te reste deux balles dans ton Colt. Alors qu'est-ce qui va se passer si tu tues cette enfant ? Il ne t'en restera qu'une. On est d'accord ?

— Continue, cria Liselotte, d'un ton un peu moins assuré.

Boris réprima un mouvement de joie. S'il parvenait à accrocher son attention, il avait une chance. Infime mais réelle.

— Regarde sur le port, poursuivit-il. Les flics sont partout. Si tu me tires dessus, même si tu me tues, ton chargeur sera vide. Ils n'auront plus qu'à monter à bord pour te cueillir. Quoi que tu fasses tu es fichue !

Il y eut une minute de silence interminable. Même les voyageurs autour d'eux s'étaient tus brusquement, conscients de la gravité de ce qui se jouait entre cet homme et cette femme qui se faisaient face sans que l'on puisse dire lequel allait imposer sa volonté à l'autre.

On n'entendait plus que les cris des oiseaux de mer, le mugissement du vent entre les murailles de granit qui enserraient le port et le clapotis de la pluie à la surface du fjord.

Soudain, malgré la distance qui les séparait, Boris vit nettement les mâchoires de Liselotte se crisper et ses sourcils se froncer.

« Elle va tirer, songea-t-il, tous les muscles tendus, prêt à tenter le tout pour le tout. Elle va tuer cette pauvre gamine innocente ! »

Mais brusquement il vit Liselotte ouvrir le bras qui retenait la fillette prisonnière. Aussitôt, celle-ci courut se réfugier dans les bras de sa mère qui la serra contre elle à l'étouffer, sans cesser de sangloter.

— Tu as raison, beau flic, dit Liselotte d'une voix étrangement calme. Je suis fichue...

Tout en maintenant les deux gilets de sauvetage devant lui, Boris fit trois pas en direction de Liselotte.

— Mais avant de me laisser prendre, hurla-t-elle d'une voix de démente, je vais t'expédier en enfer !

Elle leva le bras et fit feu.

Boris entendit la détonation, puis le cri d'horreur des gens autour d'eux.

Il ressentit un choc au côté gauche de la poitrine, suivi d'une violente douleur.

La balle avait réussi à transpercer les deux épais pains de liège avant d'atteindre son blouson de cuir.

Boris sentit ses jambes mollir. Dans un suprême effort de volonté, malgré la douleur qui irradiait dans toute sa poitrine, il continua d'avancer.

Tous les sens en alerte.

En éclatant d'un rire rauque, Liselotte leva un peu plus le bras et tira une nouvelle fois.

En visant la tête.

Mais Boris avait prévu la réaction.

Réagissant au centième de seconde, il leva les bras au moment précis où Liselotte tirait, pour amener les pains de liège devant son visage.

Précaution inutile car la balle passa à près de dix centimètres trop à gauche.

Aussitôt, Boris lâcha les deux gilets qui venaient de lui sauver la vie.

Oubliant sa douleur, il bondit d'une détente prodigieuse, les deux bras en avant.

Liselotte poussa un hurlement de bête prise au piège quand Boris la ceintura avec une puissance irrésistible. Ecumante de rage, les yeux révulsés, elle mordit Boris au bras de toutes ses forces, sans réussir à lui faire lâcher prise.

Autour d'eux, les hurlements des passagers avaient repris de plus belle. Les hommes et les femmes couraient en tout sens, se bousculant sans ménagements, prêts à se piétiner les uns les autres pour fuir ce cauchemar. Les mouettes, affolées par le remue-ménage, plongeaient vers le pont du ferry et remontaient brusquement en poussant des cris suraigus.

Liselotte était d'une force exceptionnelle. Et Boris, handicapé par sa blessure, avait toutes les peines du monde à la contenir. Ils roulaient ensemble sur le pont, dans un sens et dans l'autre, au rythme des ruades folles de Liselotte qui hurlait à présent sans discontinuer.

Soudain, Boris s'aperçut qu'ils étaient cernés par plusieurs paires de jambes, toutes vêtues du même pantalon vert bronze.

Les policiers norvégiens étaient montés à bord.

Aussitôt, Boris lâcha Liselotte et se releva péniblement, grimaçant de douleur.

Liselotte, avec un cri de fauve enragé se précipita vers le bastingage pour tenter de sauter à l'eau. Mais trois policiers se jetèrent sur elle et lui passèrent les menottes.

Ils l'emmenèrent vers la passerelle, tandis que le ferry revenait rapidement vers l'embarcadère.

Sur le quai, les gens couraient en tous sens, entre les voitures de police dont les gyrophares tournaient à toute vitesse, jetant des éclairs bleutés sur les eaux du fjord..

C'est au moment où le ferry touchait terre que Boris s'aperçut que la pluie avait cessé et que le soleil perçait timidement les nuages.

Il descendit à terre, soutenu par deux policiers, deux géants blonds qui le dépassaient d'une bonne tête et qui le regardaient sans même chercher à dissimuler leur admiration pour ce collègue français qui venait de risquer sa peau avec autant de sang-froid et de panache.

Dès qu'il fut sur le quai, Boris vit Aimé se précipiter vers lui, le visage bouleversé.

— Boris, haleta-t-il, vieux frère, j'ai tout vu ! Tu es vraiment fou, mais un fou magnifique ! Tu n'as rien de grave au moins ?

— Je pense que je vais m'en tirer avec une côte fêlée, répondit Boris d'une voix pas très assurée.

Il se laissa tomber sur la chaise que venait de lui apporter le serveur de l'unique café du port. Autour de lui, des policiers, de simples curieux, des hommes, des femmes : tout le monde voulait contempler le héros du jour.

Aidé par Aimé, Boris se défit péniblement de son blouson et l'examina. La première balle tirée par Liselotte avait terminé sa course dans l'épaisseur du cuir. Elle se détacha du trou creusé et tomba sur le pavé avec un bruit mat.

Complètement écrasée.

Quelques millimètres de plus et elle l'atteignait en plein cœur.

Boris sourit en direction d'Aimé qui le couvait d'un regard inquiet :

— Tu sais ce qui serait sympa, vieux frère ?

— Dis...

— Que tu me trouves une cigarette. Je l'ai méritée, non ?

Tandis qu'Aimé se dirigeait vers un policier en train de fumer, Boris tourna la tête vers le car de police, le « panier à salade », stationné à une vingtaine de mètres sur la droite, le long d'une maison de pêcheur à trois étages toute blanche.

Trois hommes étaient occupés à y faire monter Liselotte Denstrup qui se débattait avec la même rage.

Et continuait de hurler comme une possédée.

CHAPITRE XVIII

— Allons, les filles, pas de bousculade, il y en aura pour tout le monde !

Boris réussit à se défaire en riant des deux beautés blondes qui rivalisaient d'attention envers lui, sous l'œil vaguement réprobateur d'Aimé.

Le médecin qui l'avait bandé lui avait recommandé quelques jours de repos pour sa côte fêlée. Aimé et lui avaient donc pris deux chambres au *Grand Hôtel Royal,* sur Kongensgate, la rue qui coupe Narvik en deux dans le sens nord-sud.

Le premier jour, ils avaient joué les parfaits touristes, allant même faire un pèlerinage auprès de la plaque de granit érigée en mémoire des soldats français tombés là pendant la bataille de 1940. Sur celle-ci était gravée une inscription :

LA FRANCE
à ses fils
et
à leurs frères d'armes
tombé glorieusement
EN NORVÈGE

NARVIK 1940

— « Tombé » sans « s », avait grommelé Aimé ça la fout mal quand même (1) !

Mais dès son deuxième jour de convalescence, Boris avait commencé à se morfondre et à tourner en rond comme un ours en cage.

C'est pourquoi il avait décidé d'appeler Ingrid et Lisbeth, ses deux conquêtes de Tromsø, qui avaient aussitôt accouru, ravies.

Song et Muriel avaient été mises en observation à l'hôpital de Narvik pour déterminer la gravité des tortures endurées par elles. De toute façon, elles devaient rester à disposition de la police norvégienne à fin de témoignages.

Quant aux policiers, justement, ils tenaient Boris au courant chaque jour de l'enquête, eu égard à son rôle capital dans le dénouement de l'affaire dont les journaux norvégiens faisaient leurs choux gras depuis trois jours.

Une enquête qui plongeait chaque jour un peu plus dans l'horreur. Liselotte avait tout avoué en bloc, revendiquant avec fierté tout ce qu'elle avait fait avec son mari. Elle n'avait fait aucune difficulté pour révéler qu'Adeline et Assomption étaient mortes, dévorées par les chiens, puis brûlées dans le grand poêle à bois.

Affirmation confirmée par les poussières d'os humains découverts dans ledit poêle.

— C'est tout de même incroyable quand on y pense, soupira Aimé en s'efforçant de ne pas remarquer Ingrid et Lisbeth qui se livraient à des

(1) Rigoureusement exact !

agaceries de plus en plus précises sur la personne de sa flèche.

— Quoi donc ? demanda Boris qui avait l'esprit ailleurs.

— Eh bien, ce type, ce Denstrup. Enfin quoi, voilà un homme intelligent, brillantissime, comblé d'honneurs, riche. Et qui se transforme soudain en un monstre ignoble. Pourquoi ?

Boris soupira :

— La morale, Mémé. Juste la morale. C'est le sens moral qui nous empêche de franchir certaines limites communément admises pour le bien de tous. Quand un homme décide brusquement qu'il est au-dessus de cette morale-là, qu'elle n'est pas faite pour lui, il devient fou. Nous sommes bien placés pour le savoir, non ?

Aimé allait répondre quand le téléphone sonna. Repoussant à grand-peine ses deux « fiancées », Boris décrocha.

— Ah, Ghislaine ! C'est gentil de prendre de mes nouvelles ! Comment ? Non, non, ça va...

Boris eut un petit sourire ironique avant de poursuivre :

— Alors comme ça, il paraît que ton ami Henri n'était pas une affaire au lit ?... Ne joue pas les étonnées, ma belle, c'est lui qui me l'a avoué... Comment il va ? Eh bien pas très fort, si tu veux savoir : la dernière fois que je l'ai vu, il était allongé par terre avec une balle dans les reins... Plus tard, c'est une longue histoire... Non, d'après les médecins, il devrait s'en sortir. Paralysé à vie, mais vivant.

La voix de Boris se fit un tout petit peu plus sèche :

— Tu le plaindras moins quand je t'aurai dit que cinq minutes avant de se faire tirer dessus, il s'apprêtait à nous expédier dans un monde meilleur, Mémé et moi, ainsi que trois ou quatre autres personnes ! La prochaine fois, essaie de mieux choisir tes amants. Et surtout, par pitié, ne leur parle plus de moi ! Bon, je te laisse : le docteur m'a prescrit beaucoup de repos pour ma convalescence.

— Tu ne l'as pas ratée, observa Aimé quand Boris eut raccroché.

— Une petite leçon de temps en temps ne peut faire de mal à personne. Pas d'accord ? Et puis, on aura tout le temps de se réconcilier quand je serai rentré à Paris.

Boris attira Ingrid et Lisbeth contre lui et regarda son coéquipier avec un grand sourire :

— Dis donc, Mémé, tu ne crois pas que tu pourrais aller acheter quelques cartes postales pour ta petite famille ? Tu m'excuseras de ne pas t'accompagner, mais...

Il désigna du menton les deux superbes filles qui se lovaient contre lui en ronronnant de plaisir anticipé :

— ... il faut que je m'occupe de ma convalescence !

Achevé d'imprimer en décembre 1991
sur les presses de l'Imprimerie Bussière
à Saint-Amand (Cher)

— N° d'imprimeur : 3343. —
Dépôt légal : janvier 1992.

Imprimé en France